Sugimorikun wo Korosuniwa

Text ⓒ 2023 by Marie-Lou Hasegawa

All rights reserved.

Original Japanese edition published by Kumon Publishing Co., Ltd.

Korean translation rights in Korea arranged with Kumon Publishing Co., Ltd.

through Shinwon Agency Co., Ltd. Korean edition ⓒ 2026 Wisdom House, Inc.

너를 죽이려면

하세가와 마리루 글
이소담 옮김

위즈덤하우스

1.

스기모리 군을 죽이기로 결심한 나는 일단 미토 오빠에게 보고하려고 전화를 걸었다.

"여보세요, 히로니?"

순간 움찔했다. 신호 한 번 만에 바로 전화를 받을 줄은 몰랐다. 전화를 싫어하는 미토 오빠는 항상 신호가 1분간 울리게 두고 "상대가 끊기를 기다리는 거지."라고 진지한 표정으로 말했었다.

당황한 나는 말문이 막혔다. 미토 오빠의 걱정스러운 목소리가 계속 들렸다.

"여보세요? 괜찮니?"

"응. 나야, 미토 오빠."

전화기에서 안도한 한숨 소리가 들렸다. 이유는 모르겠지만 나는 한순간에 다시 냉정을 찾았다. 숨을 훅 들이마시고 준비한 말을 내놓았다.

"스기모리 군을 죽이기로 했어."

미토 오빠는 한동안 아무 말도 하지 않았다. 평소처럼 대답하기까지 충분히 1분간 시간을 두었다.

미토 오빠는 재깍재깍 빠른 대답을 바랄 수 있는 상대가 아니었다. 머리가 무서울 정도로 좋지만, 남들보다 빠른 두뇌 회전을 일부러 늦춰 충분히 생각하는 습관을 스스로에게 부과했기 때문이다. 입을 바로 열지 않는 것이 그 요령이라고 한다.

"그러니."

미토 오빠의 대답을 듣고, 안심이 되면서도 생채기가 난 것 같은 복잡한 심경이 들었다.

"응, 그래."

"히로니까 잘 생각해서 내린 결론이지?"

나는 미토 오빠의 말을 머릿속에 천천히 스며들게 해 그것이 옳은지 아닌지 곰곰이 음미했다. 충분히 1분간 생각한 다음 그렇다고 대답했다.

"많이 생각했어. 여러모로. 그래서 스기모리 군을 죽이는 게 제일 좋은 방법이라고……. 아니야, 이게 아니라…… 좋고 나쁘고의 문제가 아니라 그럴 수밖에 없다고 생각했거든. 그러니까 죽이기로 했어."

전화기 너머에서 미토 오빠가 내 말에 귀를 기울이고 있다. '그래, 과연 그렇구나.' 하고 고개를 끄덕이고 있을까? 아니면 어이없어 할까?

모르겠다. 미토 오빠는 일반적인 사람들이 제일 먼저 보일 법한 평범한 반응을 하지 않는 사람이기 때문이다. 그렇다고 남들과 다른 행동을 일부러 하려는 사람도 아니었다.

미토 오빠는 남들 시선을 신경 쓰지 않는다. 세상의 시선도 신경 쓰지 않는다. 부모님 시선도 신경 쓰지 않는다. 내 시선도 신경 쓰지 않는다. 그렇기에 나는 그런 미토 오빠의 시선을 신경 쓴다.

"히로가 잘 생각해서 정했다면, 그럴 수밖에 없겠지."

드디어 미토 오빠가 대답해 주어서, 나는 뭐라 형언할 수 없는 기분이 들었다.

미토 오빠가 전화를 싫어한다는 건 알고 있었다. 나도 전화를 거북해하는 편이다. 그래도 전화로 하길 잘했다. 직접 만나서 말했다면 내가 어떤 표정이었을지 모르겠다.

"그러면 히로, 너는 살인자가 되는 거야."

"응."

나는 덤덤하게 대답했다. 그렇게 될 줄 알고 있었다. 스기모리 군을 죽인다면, 나는 범죄자가 된다.

살인은 죄가 아주 무겁지? 살인보다 무거운 죄가 있나?

"그래도 나는 아직 미성년자잖아. 그, 소년법? 그게 적용되지 않나?"

"히로, 너 열네 살인가?"

“아니야, 만으로 열다섯 살. 고등학교 1학년이잖아.”

“그렇다면 책임을 져야겠네.”

나는 “그렇지.” 하고 고개를 끄덕였다.

그건 그렇다. 마음대로 일을 저질러 놓고 이후에는 무죄 방면을 바란다면 그건 너무 이기적이다.

나는 조금 기뻤다. 내가 진지하게 생각하니까 미토 오빠도 진지하게 생각해 주었다. 미토 오빠는 깊이 생각해야 할 일이라면 무엇 하나 가볍게 다루지 않는다.

“하지 못했던 일이 있으면 지금 해 놔. 후회하지 않게.”

“응.”

“그리고 모든 일이 끝나면 법정에서 이유를 말해야 해. 스기모리 군을 죽여야만 했던 이유가 무엇인지 네 안에 잘 정리해 둬. 일기를 쓰는 것도 좋겠다. 증거가 되니까.”

나는 알겠다고 고개를 끄덕였다. 조언이 아주 구체적이어서 안심했다. 어른들은 종종 추상적인 조언만 늘어놓는데, 실제로 뭘 어쩌라는 건지 도리어 알 수 없게 돼서 가끔은 너무 지친다.

“알았어.”

“히로.”

“응?”

“네가 교도소에 들어가도, 세상이 욕을 퍼부어도, 나는 마지막까지 네 편이야. 나는 네 오빠이고 너는 내 여동생이니까.”

나는 살짝 웃을 뻔했다.

미토 오빠답지 않게 드라마 대사 같은 말을 했다.

너무 무게 잡는다. 하여간 약았다.

"알았어. 그럼 하지 못했던 일을 하고, 스기모리 군을 죽이려는 이유를 정리하고…… 내가 할 일, 이거면 돼?"

미토 오빠가 잠깐 시간을 들여 생각했다.

무책임한 소리는 하고 싶지 않구나. 정말 성실하다.

"응, 우선 그 정도면 되지 않을까?"

"알았어. 알려 줘서 고마워."

"나야말로 알려 줘서 고마워."

나는 이번에야말로 울고 싶어졌지만, 눈물은 한 방울도 나오지 않았다.

그때 이후로 이상하게 한 번도 울지 못했다. 원인은 알고 있었다. 스기모리 군 때문이다. 역시 스기모리 군을 죽일 수밖에 없다. 내 인간성을 회복하기 위해서라도.

"미토 오빠."

"왜?"

"말리지 않아?"

"히로, 말리면 좋겠어?"

나는 생각했다. 1분간, 충분히.

"……말려 주면 좋겠어. 그런데 말리더라도 해내고 싶어. 모순이지만 둘 다 내 진심이야."

"그러니."

미토 오빠는 또 충분히 1분간 입을 다물었다. 나는 대답을 기다리며, 듬성듬성 자리가 빈 내 방 책장 위 눈동자가 동글동글한 돼지 저금통을 바라보았다.

저 녀석, 되게 열받게 생겼네.

"그래도 나는 말리지 않아. 히로를 말리기 싫은 게 내 진심이거든."

후유, 한숨을 쉬었다.

다행이었다. 미토 오빠는 평소의 미토 오빠였다.

내가 머릿속으로 상상한 그대로인 미토 오빠였다.

"그럼 미토 오빠, 또 전화할게."

"그래. 부모님께 안부 전해 줘."

"알았어. 여러모로 고마워."

"응."

전화가 끊겼다.

나는 스마트폰을 침대에 던진 뒤, 일단 돼지 저금통을 집어 들었다. 잠깐 생각하고서 그것을 바닥에 내동댕이쳤다.

도자기가 조각조각 부서지는 소리를 듣고 아래층에 있던 엄마가 허둥지둥 올라왔다. 노크도 하지 않고 문을 열더니 "무슨 일이니?" 하고 비명을 지르며 들어왔다.

나는 바닥에 쪼그려 앉아 돼지 배 안에 저장했던 동전을 하나씩 주웠다. 중간중간 접힌 지폐도 섞여 있었다. 신난다.

"돈, 쓰고 싶어서."

생긋 웃고 대답했다. 엄마는 "움직이지 마, 유아 짱*! 지금 청소기 가지고 올 테니까!"라며 난리법석을 떨었다. 나는 그래도 상관하지 않고 분홍색과 하얀색의 도자기 파편 사이에서 가치 있는 돈을 계속 주웠다.

미토 오빠가 해 준 고마운 조언. 나는 하나도 빠뜨리지 않고 실천해 볼 작정이었다.

1. 하지 못했던 일을 한다.
2. 스기모리 군을 죽이려는 이유를 정리한다.

일단 이 돈으로 만화책을 사야지.

스기모리 군을 죽이려는 이유 1 : 스기모리 군은 심술궂다

초등학교 2학년 때, 미술 만들기 시간에 내가 만들던 종이 저금통을 스기모리 군이 부쉈다.

내가 만들던 저금통은 2층집 모양이었다. 지붕을 열면 지우개를 넣을 수 있고 1층 부분은 서랍이어서, 필통을 겸한 최고로 편

---

* 이름에 붙이는 호칭으로 주로 아이와 여성에게 쓴다. 친근감을 나타내는 표현이지만, 가족 사이에서는 보통 어렸을 때 짱을 붙여서 부르고 성장함에 따라 붙이지 않는 경우도 있다.

리한 아이템이 될 예정이었다.

그런데 스기모리 군은 "유아 것도 보여 줘!"라며 자기 마음대로 내 저금통을 낚아챘다. 그러다 비틀거리며 넘어지면서 내 저금통을 짓밟아 엉망진창으로 부쉈다.

나는 엉엉 울었고 선생님이 얼른 다가와서 달래 줬다. "괜찮아, 선생님이랑 같이 고치자."라면서. 나는 선생님과 함께 저금통을 다시 만들었는데 그건 내가 처음에 생각한 저금통과 비교하면 100분의 1도 안 되는 완성도였다.

물론 스기모리 군도 일부러 한 행동은 아니었다. 스기모리 군은 자기가 저지른 일에 놀라서 나보다 더 크게 울었다. 그런데 지금 생각해 보면 그것도 약아빠진 행동이었다. 선생님은 피해자인 나뿐만 아니라 스기모리 군까지 달래야 했으니까.

그러니까 스기모리 군은 내 손에 죽어도 어쩔 수 없다.

2.

새로운 한 주가 시작된 월요일, 나는 책가방에 새로 산 소년 만화를 몰래 넣고 학교에 갔다.

5월 중순, 골든 위크●가 끝나고 일주일이 지난 그다음 월요일이었다.

교실에 도착해 복도 쪽 앞에서 두 번째 자리에 앉아 가방을 열고 시리즈 중 5권을 꺼냈다. 1권부터 4권까지는 어제 다 읽었고 오늘은 5권부터. 역시 인기 만화답게 점점 더 재미있어져서 전철에서 읽다가 자칫 내릴 역을 놓칠 뻔했다.

"안녕, 히로. 그거 이번에 애니메이션으로 나온 만화?"

● 4월 말부터 5월 초까지 이어지는 일본의 장기 휴일.

내 앞자리에 앉는 사토가 말을 걸었다.

그렇다고 고개를 끄덕인 뒤, 시선도 주지 않고 페이지를 넘겼다. 지금 적이 주인공의 팔을 썰어서 큰일이니까 좀 집중하고 싶었다.

"저기 고전 숙제 했어? 나 보여 줄 수 있어?"

"응, 안 가지고 왔어."

"진짜? 숙제 프린트 깜박했어?"

"아니, 고전 교과서도 노트도 핸드북도 다 안 가지고 왔어."

"엥…… 왜?"

나는 책상 옆에 걸어 둔 가방의 지퍼를 열어 보여 주었다.

지금 읽고 있는 만화책 전권이 빽빽하게 담겨 있었다. 소년 만화는 순정 만화와 비교해 연재 기간이 긴 편이다. 서른 권을 훌쩍 넘는 것도 흔해서 짊어지고 다니기 힘들다.

"이거 봐." 하며 나는 고개를 기울여 사토에게 미소를 지었다.

"교과서를 넣을 공간이 없어서."

"진심……? 어, 진짜로 아무것도 안 가지고 왔어?"

아니, 그렇지는 않다. 필통(筆筒)은 가지고 왔다. 안에 든 것은 붓이 아니라 샤프지만.

항상 이상했다. 지금은 붓을 쓰지 않는데 왜 필통은 여전히 필통이라고 부르는지.

얼마 전에 텔레비전에서 본 어떤 사람이 아내를 가리켜 안사람이나 아이 엄마라고 부르지 말라고 화를 냈다. 아내가 반드시 집

안에만 있는 것도 아니고, 엄마인 것이 정체성은 아니지 않냐면서.

그렇다면 필통도 실제로는 붓을 넣지 않으니까 연필통이나 샤프통이라고 불러야 한다. 어쩌면 내 필통은 샤프 파우치가 아닐까. 펜 케이스라고 해도 좋다. 오, 펜 케이스라는 말을 요즘 자주 듣는 것 같다. 이걸로 가자. 이해가 잘 된다.

필통 이외에도 받아들일 수 없는 존재가 있으니 바로 게타바코*이다. 집 현관에 있는 것은 보통 신발장이라고 부르니까 괜찮은데, 학교의 신발장은 반드시 게타바코라고 부른다. 그러나 그 안에 들어가는 것은 언제나 실내화나 운동화나 로퍼다. 게타 같은 나막신을 학교에 신고 오는 사람은 없다. 그런데도 게타바코는 여전히 게타바코라고 불린다.

한심했다.

이 세상은 온통 잘못된 것투성이였다.

"히로, 진심 왜 이래? 위험한 거 아냐?"

"아니야, 나는 정상이야. 잘못된 건 두 번 다시 돌아오지 않는 청춘 시절에 고전이나 수학 같은 시시한 수업을 받게 하는 시대착오적인 사회 시스템이지."

사토는 깔깔 웃으며 "틀린 말은 아니네."라고 동조하더니, 자기

---

* 신발장. 원래는 일본의 나막신 게타를 넣을 용도였다. 시대가 바뀌어 주로 신는 신발이 달라졌으나 단어는 그대로 남았다.

책상 서랍에 교과서와 공책 따위를 쑤셔 넣으며 내 옆자리의 남학생 야구치에게 말을 걸었다.

"들었어, 야구치? 오늘 하루 히로에게 교과서를 보여 줘야겠다."

사토가 왜 그걸 야구치에게 부탁하는지 조금 어리둥절했다. 나는 굳이 교과서를 보지 않아도 되는데.

왜냐하면 오늘은 대량으로 산 이 소년 만화를 독파해야 했다.

그러기 위해 열받게 생긴 돼지 저금통을 파괴해 의미도 없이 모았던 돈을 해방시켰으니까.

야구치는 나를 힐끔 보더니 "위험인물."이라고 말하며 작게 웃었다.

"그 만화 재미있지. 나도 좋아해."

"줄거리 말하지 마. 나 애니메이션 안 봤으니까."

나는 뾰로통하게 대꾸하고, 종이 울릴 때까지 다시 만화에 집중했다. 한창 싸움이 벌어지고 있어 한 페이지당 컷 수가 줄어들어 슥슥 페이지를 넘기는 손이 빨라졌다.

과연 애니메이션으로 만들고도 남을 만큼 재미있다고 생각하며 6권에 손을 뻗는데 조례를 알리는 종이 울렸다.

어디 보자, 오늘은 어디까지 읽을 수 있을까.

생각보다 금방 다 읽을 것 같으니 다음에 해야 할 일을 준비해야 할지도 모르겠다. 하지 못했던 일들은 아직 많았다.

스기모리 군을 죽이려는 이유 2 : 스기모리 군은 못됐다.

초등학교 5학년 과학 수업에서 물고기 해부를 했다. 조별로 한 마리씩.

스기모리 군은 꺅꺅 비명을 지르며 수업하는 내내 시끄러웠다. 이런 짓을 하다니 너무하다느니, 물고기가 저주할 거라느니, 내장 같은 건 보고 싶지 않다느니, 되는 대로 말했다. 급식으로 나오는 생선은 맨날 야금야금 잘 먹으면서. 진심 시끄러웠다.

나는 스기모리 군과 같은 조여서 어쩔 수 없이 물고기의 배를 가르는 역할을 맡았다. 원래 나는 3학년 때까지 아빠와 단둘이 살며 집안일을 나눠서 했기에 요리에 익숙했다. 아빠가 낚시를 좋아해서 생선 손질하는 방법을 꼼꼼하게 알려 주기도 했다.

아무튼 나는 다른 아이들보다 익숙한 손놀림으로 배를 척척 갈라 선생님에게 칭찬받았다. 다른 아이들보다 실력이 뛰어났기에, 어쩔 줄 몰라 하는 다른 조 아이를 가르쳐 주기도 했다.

스기모리 군은 그런 나를 질투했던 게 분명하다. 그 무렵에는 항상 모두의 중심에 있어야만 직성이 풀리는 아이였으니까.

스기모리 군은 나에게 “유아는 살아 있는 걸 가르기 좋아하는구나. 무서워. 사이코패스네.”라느니 “물고기가 저주할 거야.”라고 말했다. 자기도 남이 배를 갈라서 손질한 생선을 우적우적 먹으면서. 진심 짜증났다.

그러니까 스기모리 군은 내 손에 죽어도 어쩔 수 없다.

3.

　고등학교는 급식이 아니다. 매일 도시락을 싸 오거나 사 먹어야 한다.

　도시락은 아이들에게는 즐거운 일인 동시에 부모에게는 귀찮은 일인 듯하다.

　그래도 우리 엄마는 불평 하나 없이 매일 아침 도시락을 준비하는데, 사실은 엄청 귀찮겠지.

　엄마가 불평 한마디 하지 않는 것은 내가 피로 이어진 진짜 딸이 아니라 재혼한 아빠가 데려온 아이여서 그럴지도 모른다. 친딸이 아니어서 조심할 가능성이 높았다. 아무리 그러지 말라고 말해도 나를 남 대하듯 '유아 짱'이라고 부른다. 왠지 거리감이 느껴진다. 혹시 내가 불편한가. 사실은 날 싫어할지도? 잘 모르겠지만.

점심시간이면 우리 1학년 D반은 각각 그룹으로 나뉘어 도시락을 먹곤 했다.

아직 입학하고 한 달 반이 지났을 뿐이어서 지금 점심 먹는 그룹이 정말로 친한 그룹이 아닌 걸 다들 알았다. 처음 입학하고 남녀 혼합 출석부의 이름 순서대로 앉은 자리의 가까운 사람들끼리 어쩌다 보니 대화를 나누고 어쩌다 보니 같이 점심을 먹었고, 자리를 바꿔서 실질적으로 아무 관계가 아니게 된 뒤에도 어쩌다 보니 흐름이 이어져서 같이 점심을 먹고 있을 뿐이니까.

아마 1학기를 마치고 여름 방학이 지나면 지금 '점심 멤버' 그룹은 다들 까맣게 잊어버리리라. 대신 정말로 사이좋고 마음 맞는 친구들끼리 점심을 먹을 것이 분명했다.

그건 아마도 좋은 일이다. 하지만 그때 나와 같이 점심을 먹어 줄 사람이 있을지는 수수께끼였다. 왜냐하면 그때 나는 소년원에 있을 테니까.

어라, 여자도 소년원에 가나? 소녀원은 들어 본 적 없다. 어떻게 되려나? 우등생이어서 이런 쪽은 잘 모른다.

아무튼 나는 매점에서 사 온 멘치카츠 샌드위치와 달걀 샌드위치, 초코칩 멜론빵을 들고 늘 같이 점심을 먹는 멤버가 기다리는 교실 창가 쪽으로 갔다. 하기노와 핫토리와 후쿠모토, 세 여학생이 스마트폰을 보며 까르르 웃고 있었다. 오늘은 무슨 일인지 평소 내가 앉는 자리에 또 다른 여학생인 시오노도 있었다.

어라, 시오노의 성은 사(サ) 행*이다. 제일 처음에 앉은 자리가 가깝지 않았는데 왜 여기 있지.

"오, 히로세. 오늘 우리랑 밥 안 먹는 줄 알았어!"

후쿠모토가 아무렇지 않게 말했다. 아마 악의는 없을 테니 딱히 상처받지 않았다.

"아니야, 오늘은 매점에서 빵을 사 오느라 늦어졌을 뿐이야."

"그렇구나. 아, 거기 의자 가지고 와."

"응, 고마워."

하(ハ) 행 여자들은 나를 제외하고 다들 패셔니스타 같았다.

아주 반짝반짝하고 화려했다.

후쿠모토가 워낙 귀엽고 화장 실력도 뛰어나서 다른 점심 멤버들도 최선을 다해 패션에 신경 쓰기 때문일 수도 있다. 거기에 원래 후쿠모토와 마음이 잘 맞는 패션 리더 시오노가 난입했다. 아무래도 여름 방학을 기다릴 것도 없이 내 자리가 위험해지려나 보다.

뭐, 딱히 상관없다만.

점심시간은 밥을 먹을 수 있으면 그만이다.

"웬일이래, 히로폰. 매번 영양 만점 정성 가득 도시락이었잖아."

핫토리가 나를 히로폰이라는 별명으로 장난스레 부르며 매점에서 사 온 내 빵 봉지를 들여다보았다. 나는 어깨를 으쓱였다.

* 우리나라의 '가나다라……'처럼 일본은 '아카사타나하마……' 순서의 오십음도가 있다.

“오늘은 도시락이 가방에 안 들어가서.”

“아하하, 만화책을 잔뜩 가지고 온 바람에?”

나는 시무룩하게 고개를 끄덕였다.

1교시 고전 수업 중에 선생님이 주의를 줘도 무시하고 만화를 계속 읽다가 결국 전권 몰수당했다. 선생님은 최소한 숨기고 읽으라며 화를 냈다.

의미를 모르겠다. 숨기고 읽으면 만화를 읽어도 봐주나? 그러면 숨기지 않고 읽어도 봐달라고.

덕분에 나는 남은 수업 내내 시계를 노려보는 것 이외에 할 일이 없었다. 청춘의 소중한 시간을 이런 무의미한 일에 쓰게 하다니, 이 나라의 어른들은 제정신이 아니다. 청소년을 뭐라고 생각하는 거람.

어쩔 수 없이 나는 머릿속으로 스기모리 군을 죽이려는 이유를 생각하고, 만화책을 대량 구매하는 것 이외에 하지 못했던 일의 목록을 작성했다.

시간이란 의미 있게 써야 하는 법이다. 어른은 도움이 안 되니 스스로 고민해야 한다.

“매점 가기 전에 교무실에 들렀는데 만화책을 돌려주지 않았어. 방과 후에 오래.”

“놀랐잖아. 히로세는 얌전한 줄 알았는데 되게 로큰롤이었네.”

시오노가 아하하 웃으며 말했다. 나는 멘치카츠 샌드위치를 먹으며 고개를 갸웃거렸다.

"그래? 음악은 전혀 안 하는데. 로큰롤도 잘 몰라."

핫토리, 후쿠모토, 시오노가 까르르 웃었다.

하기노만이 어이없다는 표정으로 나를 바라보았다.

"히로폰, 아방해!"

"재밌어!"

그렇게 여자들은 꺅꺅거리며 다른 화제로 옮겨갔다. 패션이나 외국 아이돌이나 인기 동영상 같은, 한마디로 나는 끼어들지 못하는 화제.

나는 달걀 샌드위치를 다 먹어 치우고 초코칩 멜론빵을 덥석 물어 우물우물 목 너머로 계속 밀어 넣었다.

너무 많이 산 것 같다. 빵은 두 개면 충분했다. 매점에서 처음 점심을 사서 내 위장의 크기를 계산하지 못했다. 반성.

곧 점심시간이 끝나는 종이 울려서 나는 의자를 원래 있던 곳에 두고 설렁설렁 내 자리로 돌아왔다.

"잘도 노네."

이미 자기 자리에 돌아온 사토가 이런 말을 했다. 그러고 보니 사토는 매번 시오노와 함께 점심을 먹었을 텐데. 골든 위크 전까지는 그랬다. 오늘은 다른 아이와 같이 먹은 것 같지만.

잘도 놀다니 누구를 말하는 거지?

나 말인가?

아니면 나 이외의 패셔니스타 여자들?

사실 저 아이들도 나쁜 아이들은 아니다. 조금 말투가 거칠고

촌스러운 아이는 무시해도 된다고 여기는 면이 있지만, 친해지면 무시했던 걸 충분히 반성하고 다음부터는 친근하게 대하는 타입이다.

아마도.

"사토, 이번 주말 중에 시간 있는 날 있어?"

"토요일 일요일 다 시간 있는데. 왜?"

"같이 놀이공원에 가고 싶어서."

"으잉?"

사토가 의아한 표정을 지었다.

그럴 만하다. 나는 사토와 대화를 나눈 적조차 거의 없었다. 자리가 바뀌어 가까이에 앉게 된 게 고작 일주일 전이었다. 우리는 아직 친하다고 할 수 없다. 그래도 자리가 가까우니 앞으로 친해질 가능성은 높았다.

"뭐야, 갑작스럽네. 왜 나야?"

"자리가 가까우니까."

"자리가 가까워서 가자고 한다면 야구치에게 말하지?"

사토는 단순히 화제를 돌리려고 한 말이었겠지만 나는 손뼉을 짝 쳤다.

"아, 그러네. 야구치, 놀이공원 가지 않을래? 나랑 사토랑 셋이."

"이보쇼, 나는 간다고 말하지 않았어."

마침 자기 자리로 돌아온 야구치는 조금 당황해서 우리를 봤다. 갑자기 놀이공원에 가자고 해서 놀랐나 보다.

야구치와는 사토보다도 대화를 나눈 적이 없었다. 사토는 야구치와 같은 중학교 출신인지 대화하는 모습을 종종 봤지만.

그래도 중학교가 같다고 해서 남자와 터놓고 대화할 수 있다니 대단하다. 내가 나온 중학교는 남자와 여자 사이에 마리아나 해구 같은 깊은 도랑이 엄연히 존재해서 같은 반이어도 웬만해선 대화를 나누지 않았다.

그런데 이상하게 지금 나는 야구치에게 아무렇지 않게 말을 걸 수 있었다.

스기모리 군을 죽이기로 정한 뒤로 여러모로 대담해졌나 보다.

그렇잖아, 사람 하나를 죽이는 것과 비교하면 남자에게 말을 거는 것쯤 식은 죽 먹기라고 생각하게 된다. 손톱을 깎는 것처럼 쉽다. 그것도 잘 쓰지 않는 손의 손톱을 깎는 것만큼이나.

"뭐야, 무슨 대화인지 전혀 모르겠는데?"

야구치가 유난히 낮은 목소리로 말했다. 혼성 4부 합창이라면 분명 베이스겠지.

"음, 그러니까 나는 지금까지 하지 못했던 일을 해 두고 싶어. 그래서 놀이공원에 가야 해."

"그게 뭐야. 불치병이라도 걸렸어?"

"아니, 나는 건강 그 자체인데. 일단 후회하지 않으려고."

사토와 야구치는 얼굴을 마주 보았다. 야구치가 조금 웃더니 말했다.

"뭐야, 그러면 시오노한테 가자고 하면 되잖아."

"너 이 자식, 또 그 이름 꺼내면 죽인다."

사토가 야구치를 부모의 원수라도 보듯이 노려보았다.

그러고 보니 사토와 시오노와 야구치는 같은 중학교 출신이었다. 사토와 시오노, 사이가 좋았을까? 타입이 전혀 다른데.

"무서워라."

야구치는 무서운 표정을 지은 사토를 아무렇지 않게 무시하고 나를 봤다.

"그래서 놀이공원에 가서 어쩌려고?"

"롤러코스터를 탈 거야."

"엥?"

"무서워서 타 본 적 없으니까 타 보고 싶어. 인생 경험으로."

"흐음."

야구치는 잠깐 생각하는 듯이 팔짱을 끼더니 "그럼 나도 친구 한 명 데리고 가도 돼?"라고 말했다.

"롤러코스터를 타는 게 목적이라면 짝수로 가는 게 좋잖아. 여자들 사이에서 나만 혼자인 것도 별로고."

"어이, 야구치, 왜 나를 숫자에 넣는 건데?"

"좋아. 그럼 넷이 가자."

나는 기뻤다. 사토는 아직 구시렁거리지만 분명 같이 가 줄 것이다. 왜냐하면 지금까지 싫다는 말은 한 번도 안 했으니까.

좋아. 롤러코스터를 탈 수 있겠다.

나는 주먹을 불끈 쥐었다.

중학교 1학년 때도 나는 스기모리 군과 같은 반이 되고 말았다.

스기모리 군은 나와 같은 동아리에 들어가고 싶다면서, 미술부 분위기를 살필 겸 미술부 견학에 따라왔다.

나는 그림 그리기를 좋아해서 미술부에 들어가는 건 확정이나 다름없었다. 스기모리 군도 초등학생 때 커터 칼로 지우개 도장 파는 데 푹 빠져 있었으니까, 미술부로 결정한 줄 알았다. 그렇지 않은가, 미술부는 누가 생각해도 조각칼이 있을 것 같으니까.

하지만 미술부 지도 선생님이 우리 학교는 석고 데생이나 사생 위주라며, 조각은 위험해서 안 한다고 딱 잘라 말해 버렸다. 그 순간 스기모리 군은 이미 흥미를 잃은 눈치였다.

스기모리 군은 미술부 같은 건 시시하고 오타쿠들만 있으니까 같이 배구부에 견학을 가자고 나에게 말했다.

내가 운동만큼은 못하는 줄 알면서 매일 아침 연습은 물론 주말까지 나가야 하는, 땀내 나는 체육 동아리를 하자고 한 것이다.

어쩜 성격도 나쁘지.

나는 스기모리 군의 제안을 거절하고 혼자 미술부에 들어갔다. 스기모리 군은 혼자서는 아무것도 못 하는 아이라 배구부에 들어가 친구를 사귀지 못했고, 결국 어느 동아리에도 들어가지 않았다.

지금 생각하면 그때부터 스기모리 군의 고립이 시작되었던 것 같다.

반에서도 스기모리 군은 어떤 일에든 나를 끌어들이고 싶어 했다. 자리를 바꿀 때면 나랑 가까운 곳에 앉고 싶어 했고, 짝지어 뭔가 할 때면 내 쪽으로 후다닥 달려왔고, 그룹을 나눌 때면 반드시 나와 같은 그룹이 되고 싶어 했다.

그냥 집요하고 성가셨다.

나도 다른 친구를 사귀고 싶은데 스기모리 군이 있으면 방해가 되었다.

내가 생각하기에 스기모리 군은 나를 친구로서 좋아한 것은 아니었다. 단순히 의존했다. 그건 한마디로 나를 무시한 것이다.

그러니까 스기모리 군은 내 손에 죽어도 어쩔 수 없다.

4.

금요일 밤, 나는 놀이공원에 갈 준비를 했다.

대량 구매한 만화책은 책장에 가지런히 꽂아 두었다. 전부 초등학교에 입학할 때 새로 산 가방처럼 번쩍번쩍 빛났다. 기분이 좋았다.

이후로 서점에 또 가서 궁금했던 순정 만화 서른 권을 샀다. 같은 작가의 작품으로 총 서른 권. 아직 다 읽지 못했는데 일요일 하루를 써서 다 읽을 계획이었다.

놀이공원에 갈 때 필요한 것은 다음과 같다.

· 지갑

· 스마트폰

아무리 생각해도 필요한 것이 더는 떠오르지 않아서 '놀이공원 준비물'로 검색했다. 물티슈, 반창고, 접이식 우산, 물통……. 그러니까 지갑과 스마트폰만 있으면 괜찮은가 보다.

옷도 지금 정해 둬야겠다. 사토나 야구치와 사복 차림으로 만나는 건 처음이어서 조금 긴장했다. 어라? 그런데 왜 긴장하지. 교복을 입든 사복을 입든 그 안의 인간은 똑같은데.

그렇다면 뭐든 상관없나. 그래, 평소 입는 옷을 입자. 그래도 롤러코스터를 탈 테니까 최소한 팬티가 보이는 치마는 입지 말아야지.

편한 옷차림을 고르는데, 노크 소리가 났다.

"유아? 들어가도 되니?"

아빠였다. 나는 침대 위에 옷을 펼쳐 놓고 "네."라고 대답했다.

아빠는 피가 이어진 내 가족이다.

내가 초등학교 3학년 때, 아빠가 지금 엄마와 재혼해서 가족이 둘에서 네 명으로 늘었다. 미토 오빠는 엄마의 아들로 말하자면 의붓자식이다. 둘 다 의붓자식인 우리는 가정 선생님 말씀에 따르면 스텝패밀리라고 한단다. 참고로 나와 미토 오빠는 다섯 살 차이다.

아빠도 엄마도 재혼하기 전에 차근차근 2년에 걸쳐 우리를 만나게 했기에 나와 미토 오빠는 서로를 성씨로 부르는 사이가 되었다. '차근차근 친해지기 대작전'을 결행한 탓에 서로를 성씨로 부르는 조금 남 같은 남매 사이가 만들어진 것이다.

내 성씨는 히로세니까 히로.

미토 오빠는 미토미였으니까 미토 오빠.

부모님이 재혼해서 미토 오빠는 미토미가 아니라 나와 마찬가지로 히로세가 되었는데 나는 여전히 미토 오빠라고 불렀다.

미토 오빠는 대학생이 되면서 자취를 시작해 지금은 일 년에 몇 번만 집에 온다. 그래서 엄마는 조금 쓸쓸해 보였다. 집에는 사랑하는 남편과 피가 이어지지 않은 나만 남아 있으니까.

아빠는 문을 열어 둔 채로 내 방에 한 걸음 들어왔다. 내가 서랍 속 옷을 전부 침대에 꺼내 놓은 것을 보고 잠깐 머뭇거리다가 본론에 들어갔다.

"얼마 전에 저금통을 부쉈다며?"

"맞아. 만화책을 사고 싶어서."

나는 옷더미에서 내일 입을 티셔츠를 골라 책상과 한 세트인 의자 등받이에 걸쳤다. 이 셔츠라면 멜빵바지랑 같이 입어도 좋겠다. 멜빵바지는 너무 어린아이 같을까.

"부술 필요는 없지 않았니? 엄마가 걱정하셨어."

"괜찮아. 다치지 않았으니까."

멜빵바지를 찾아 의자 등받이에 걸쳤다. 지갑과 스마트폰은 주머니에 넣을까. 아니다, 롤러코스터를 탈 때는 보관함에 맡겨야 하니까 작은 가방에 넣어야겠지?

"아까…… 스기모리네 어머니와 만났어. 강아지 산책 중에."

옷장을 열어 가방을 물색하던 나는 "흐응." 하고 반응했다. 아빠는 말하기 어려운 듯 주저하며 말했다.

"그…… 잘 지내시는 것 같더구나. 생각보다는."

나는 옷장을 닫고 아빠를 봤다.

"나, 스기모리 군을 죽이기로 했어."

"뭐……?"

아빠가 '무슨 소리야?'라고 묻고 싶은 표정을 지었다.

나는 침대에 걸터앉아 펼쳐 놓았던 옷을 한 벌씩 개켜 삼도천 강가의 돌탑처럼 쌓아 올렸다.

지옥의 삼도천 강가에서는 부모보다 일찍 죽은 아이들이 돌을 계속 쌓아 올린다. 돌탑이 완성되면 다시 태어날 수 있다고 해서 아이들은 열심히 돌을 쌓는다. 그러나 거의 완성할 때가 되면 도깨비가 와서 탑을 부순다.

도깨비는 심술궂다.

아이를 괴롭히다니 최악이야.

"아니, 정말로 의미를 모르겠구나. 대체 무슨 말이니?"

나는 나오려는 한숨을 참았다.

아빠는 늘 반사적으로만 생각한다. 시간을 들여 숙고하는 미토 오빠와 정반대였다. 아빠가 겉으로 보이는 것만으로 판단해서 나는 매번 전부 일일이 설명해야만 했다.

"미토 오빠한테는 말했어. 히로가 정했다면 그럴 수밖에 없다고 했어."

"뭐? 그 녀석은 무슨 생각이람?"

나는 아빠를 노려보았다.

아빠는 기가 막힐 정도로 말할 때 조심성이 없는데, 내 앞에서 미토 오빠를 욕하는 건 용서할 수 없었다.

아빠는 내 시선을 알아차리고 말을 삼켰다.

"유아, 너 지금 무슨 말을 하는지 알고는 있니? 스기모리 는……."

"스기모리 군이야."

"뭐?"

"스기모리 군이라고 불러 줘. 그러지 않으면 본인이 상처받으니 까."

아빠는 조금 당황스러운 듯 침을 삼키고 곧 "그래." 하고 고개를 끄덕였다.

"어…… 그러마. 조심할게."

아마 아빠는 이렇게 생각할 것이다. 나도 미토 오빠도 스기모리 군도, 도무지 이해할 수 없다고.

나는 아빠의 어린 시절 이야기 듣는 것을 꽤 좋아한다. 남자들 끼리 멍청한 담력 시험을 하거나, 여자들의 인기를 얻으려고 헛 수고를 한다거나. 좋았던 옛 시절이라는 느낌이어서 꼭 판타지 같다.

세상사가 단순해서 다들 똑같은 가치관으로 생각하는 그런 느낌.

사소한 것은 신경 쓰지 않고, 대범하면서도 난폭한 그런 느낌.

그런 어린 시절을 보낸 아빠는 우리 같은 요즘 아이들의 복잡한 심경을 이해하지 못할 것이다.

아무래도 좋잖니, 어려운 생각은 굳이 안 해도 돼, 아하하하하. 이런 식으로는 해결할 수 없는 미묘한 섬세함을 잘 이해하지 못한다. 가끔 진심으로 황당해하는 것을 알고, 가끔 진심으로 어쩔 줄 몰라 하는 것도 안다.

말하자면 세대 차이.

이해할 수 없는 마리아나 해구.

도랑은 어디에나 있다. 지구는 전혀 동그랗지 않다.

"유아, 네가 무슨 생각을 하는지 아빠는 전혀 모르겠다."

"그래요."

나는 침대에 앉아 건성으로 대답했다.

머릿속이 멍했다. 제대로 생각하기 어려웠다.

"아니, 그렇잖니. 그러면 네가 괴롭지 않겠니?"

괴로워? 그럴까?

나는 그저 스기모리 군을 죽이고 싶을 뿐인데. 그렇게 하면 괴로워지나?

충분히 1분간 생각하고 나는 고개를 들었다.

"괴로워질지도 몰라. 그래도 이미 정했어."

아빠는 '허어.' 하고 탄식하는 표정을 지었고, 실제로도 "허어?" 하고 반응하고 싶었을 것이다.

그래도 참았다.

"……그러니. 아빠는 도무지 뭐가 뭔지 모르겠지만……."

아빠는 고개를 젓고 말했다.

"스기모리 군의 어머니에게는 그런 말, 하지 마라."

그건 모르겠다. 왜냐하면 스기모리 군의 어머니야말로 알아주면 좋겠다. 그 아이를 죽인 것은 다른 사람이 아니라 나라고.

너무 심한 짓인가.

내가 스기모리 군을 죽이려고 생각한 것은 스기모리 군의 어머니에게 보고하고 싶어서가 아니다. 나 자신을 위해서다. 자기만족. 내가 숨을 쉬기 위해서 그렇게 할 수밖에 없으니까.

그래도 내가 죽인 사람의 부모님에게 정직하게 말하고 싶다고 생각하는 것은 너무한 일일까?

스기모리 군의 어머니는 사실 자기 아이가 죽지 않기를 바랄 것이다.

그렇다면 역시 나는 너무한 인간일까.

조금 우울해졌다.

그렇지만 제대로 생각하기가 어려웠다.

아빠의 어린 시절처럼 좋은 게 좋은 거지 하며 아하하하 웃고 넘어갈 수 있으면 좋을 텐데.

스기모리 군을 죽이려는 이유 4 : 스기모리 군은 괴롭힘 주동자다.

스기모리 군은 사악했다.

가정 교육이 나빠서는 아니었다. 스기모리 군의 마음씨가 사악

해서 뭘 어떻게 해도 사악하게 자란 것이다. 내 생각에 심술궂은 아이는 다 그런 법이다. 환경의 영향은 사실 그렇게 크지 않다. 아이의 뇌에 따라 정해지는 것도 많을 것이다. 이건 내 편견이다. 그러니 사실은 틀릴 수도 있는데, 아무튼 나는 그렇게 생각한다.

스기모리 군은 어느 날 갑자기 나를 거짓말쟁이라고 몰아가기 시작했다.

유아는 맨날 거짓말만 해.

어렸을 때는 매일같이 다른 아이들을 속였어.

예를 들어 집에 커다란 천문대가 있어서 지붕이 열린다거나, 자기 엄마가 작은 섬나라의 왕족이어서 자기도 공주님이라거나, 자기 아빠는 미국 대기업의 사장이어서 엄청난 부자라거나.

그건 전부 유아의 거짓말이었어. 초등학교에서 유아는 거짓말쟁이로 유명했어. 그래도 마음씨 착한 내가 친구가 되어 주었어.

스기모리 군은 중학교에서 알게 된 반 친구들에게 그런 말을 했다.

그 무렵에 나는 중학교에서 새로운 친구를 이미 많이 사귀었기에 아무도 스기모리 군의 말을 믿지 않았다. 덕분에 나는 살았다.

스기모리 군은 내 소문을 나쁘게 퍼뜨리려다가 실패했다. 스기모리 군은 중학교에서 모두에게 거짓말쟁이로 여겨졌다. 그게 스기모리 군을 완전히 고립시킨 '앙갚음 사건'이다.

스기모리 군은 심술궂고 성격이 나쁘고 나를 괴롭히려고 했다.

그러니까 스기모리 군을 죽여야 한다.

5.

토요일, 놀이공원 입구에서 사토와 야구치 일행과 만났다.

나는 야구치 옆에 선 남자가 누구인지 알았다. 그쪽도 나를 알았다. 그래서 둘 다 "으앗." 하고 반응했다.

"……히로세네."

"노자키. 오랜만이야."

노자키는 같은 중학교 출신이고 1학년 때는 반도 같았다. 참고로 초등학교 다닐 때는 4년 간이나 같은 반이었다.

초등학교 동급생은 중학교에 들어갈 때 대략 세 갈래로 나뉘기 때문에 초등학교에 이어 중학교에서도 같은 반이 되는 사람은 극히 드물었다.

특히 내가 다녔던 중학교는 학생 수가 많은 초등학교 출신 사이에 우리 소수파 초등학교 출신들이 섞인 구도였다.

따라서 우리는 서로에게 동포 같은 존재인데, 중학생 때는 서로 대화를 제대로 나눈 적이 없었다.

남자와 여자 사이에는 웅대한 마리아나 해구가 있었으니까.

"노자키랑 나는 같은 학원에 다녀. 중학교 이름을 듣고 히로세도 거기였던 것 같아서 마침 잘됐다 싶어서 불렀지."

야구치가 설명했다.

그렇다면 미리 말해 주면 좋았을 텐데. 나를 위한 모임인데 내가 모르는 와중에 나를 아는 멤버가 추가될 줄은 몰랐다. 이 무슨 서프라이즈람.

뭐, 상관없겠지.

"다 모인 거지? 그럼 티켓 사서 들어가자."

내가 말했다. 그러자 사토는 "히로 네가 마지막에 도착했거든." 이라고 중얼거리며 내 팔을 잡더니 팔짱을 꼈다.

와우.

사토, 생각보다 발랄한 여자였네.

"대박이다. 노자키, 되게 잘생겼잖아."

사토가 속닥속닥 내게 말했다.

아아, 그래서 갑자기 팔짱을 낀 거구나.

잘생겼나 싶어서 나는 고개를 돌려 야구치와 말하는 노자키를 봤다. 노자키도 나와 마찬가지로 설마 같은 중학교 출신 여자와 놀이공원에 오게 될 줄 몰랐나 보다. 곤혹스러운 표정으로 나를 힐끔 봐서 눈이 마주쳤다.

아. 큰일이다.

얼른 시선을 피했다.

아아, 어쩌지.

노자키가 나를 걱정하는 것 같았다.

벌써 집에 가고 싶어졌다. 롤러코스터가 무섭기도 하고.

학생 요금으로 티켓을 사서 사토와 꺅꺅거리며 제일 먼저 롤러코스터로 향했다. 그런데 사토가 나를 잡아채서 멈추게 했다.

"시작부터 메인이야? 우선은 공중그네지."

"하지만 롤러코스터 타러 온 거잖아."

"히로, 롤러코스터를 타면 바로 집에 갈 분위기거든. 임무 완료라는 느낌으로. 내가 그렇게 둘 것 같아? 롤러코스터는 도망치지 않거든."

사토, 대체 어떻게 알았을까. 진짜 롤러코스터를 타고 바로 집에 갈 생각이었다.

사토에게 끌려서 우리는 놀이공원을 돌아다녔다.

공중그네를 타고 빙글빙글 도는 것은 즐거웠다. 바이킹에서 손을 번쩍 들고 우아악 소리 지르는 것도 즐거웠다. 커피잔에서 엄청난 속도로 핑핑 도는 것도 무서웠지만 즐거웠다. 관람차를 타고 정상에 도달했다고 소리치는 것도, 고카트를 타고 일부러 사토를 박으러 가는 것도, 귀신의 집에서 마구 달려 귀신 옆을 지나가는 것도 다 즐거웠다.

놀이공원, 엄청 즐겁구나.

놀이기구를 한바탕 타고 다 같이 소프트아이스크림을 먹었다.

응달 아래 벤치에 앉아 수다를 떨며 먹는데, 왠지 더블데이트 같다는 생각이 들었다.

아, 맞네, 이거 더블데이트. 어쩌면 의심할 여지없는 더블데이트일지도.

그렇다면 누구랑 누구가 커플로 보일까. 사토는 노자키에게 관심이 있을까. 잘생겼다고 하기도 했고. 그래도 사토는 놀이공원에 들어온 이후로 내내 내 옆에 달라붙었다. 야구치와 노자키는 계속 둘이 대화를 나눴다. 어라, 혹시 이런 조합인가?

으음, 사람 마음은 어렵다.

애초에 나는 좋아하는 사람이 따로 있고.

푹푹 찔 듯이 더워서 아이스크림이 맛있었다. 특히 소프트아이스크림은 좀처럼 먹을 기회가 없어서 더 기뻤다. 어렸을 때는 콘 끝에서 녹은 아이스크림이 끈적끈적 흘러서 매번 꼴이 비참했는데, 고등학생쯤 되자 깨끗하게 먹을 수 있었다. 나 자신의 성장을 느꼈다. 대단하군.

내가 깔깔 웃는 것을 보고 노자키가 때때로 의아한 표정을 짓는 것을 제외하면 최고로 즐거운 휴일이었다.

노자키의 미묘한 표정에서 머뭇거리는 아빠가 생각났다.

어휴, 야구치 너 말이야. 왜 하필이면 노자키를 데리고 온 거야.

"히로, 화장실에 가자."

소프트아이스크림을 다 먹은 사토가 물티슈로 손을 닦으며 내게 말했다.

나는 이게 아무래도 별로였다. 여자아이들이 떼지어 화장실에 가는 것.

"아니야, 나는 오줌 안 마려워."

"말조심."

"혼자 다녀와, 사토."

"쳇."

"아, 그럼 나도 갈래."

야구치가 일어났다.

어라.

노자키는 남았다. 즉 나와 노자키가 세트로 남겨졌다.

어색했다.

이런 커플 구도는 원하지 않았다.

노자키는 소프트아이스크림이 아니라 프랑크 소시지를 먹었다. 노자키는 남은 막대기를 이리저리 흔들며 한동안 입을 다물고 있었다. 이대로 말없이 기다리면 좋겠다고 생각했는데, 노자키가 스스럼없이 입을 열었다.

분위기 파악 못 하는 녀석.

"히로세, 기분 좋아 보인다."

하하하. 어색한 웃음이 나왔다.

"그런가?"

"너 그런 캐릭터였나? 전혀 몰랐어."

"나도 노자키가 잘생긴 캐릭터인 줄 몰랐어."

"무슨 소리야?"

"사토가 그러더라."

"사토라면 너랑 같이 있는 여자애?"

"맞아. 이름은 기억해라."

"전체 이름은 뭔데?"

"잊어버렸어."

"기억해라."

큭큭 웃으며 나를 보는 노자키의 눈빛은 역시 어딘지 안타까움이 담겼다.

그래도 나는 신경 쓰지 않았다. 이제 신경 쓰지 않겠다고 정했으니까.

"하긴, 너는 전부터 그랬지. 무슨 생각을 하는지 잘 모르겠는 녀석이었어."

"그랬나."

"그랬어. 기억 안 나? 초등학생 때, 너는 입만 열면 거짓말만 했었잖아."

노자키는 옛날이 그립다는 듯이 말했다.

나는 입을 다물고, 사토와 야구치가 사라진 저 앞의 화장실을 바라보았다.

"뭐, 그럴 나이여서 그랬겠지만. 진짜 무슨 생각으로 금방 들킬 그런 거짓말을 하는지 이해할 수 없었어. 그걸 일부러 중학교 친구들한테 떠벌리는 스기모리도 좀 문제였다 싶지만…….”

거기까지 말하고 노자키는 화들짝 놀랐다. 말할 생각이 아니었는데 무심코 말해 버렸다는 표정이었다.

“미안.”

“뭐가?”

“그게…… 스기모리 이름을 말해서.”

“왜 스기모리 군의 이름을 말하면 안 되는데?”

노자키는 곤란한 표정으로 나를 바라보았다. 아니, 정말로 곤혹스러워했다.

“너야말로 왜 그렇게 태연한데?”

내 얼굴을 요리조리 뜯어보는 노자키의 표정에 이해가 안 된다고 쓰여 있었다.

“솔직히 말해서 오늘 야구치가 불러서 왔지만 누가 오는지는 몰랐기 때문에 진심 놀랐어. 네가 올 거라고는 전혀 생각하지 않았거든. 왜냐하면…… 아직 시간이 그렇게 지나지 않았잖아.”

나는 생각했다. 노자키, 참 예의가 없네.

질문을 질문으로 되돌리다니 실례다.

“나는 당연히…….”

“괜찮아. 죽일 거니까.”

“응?”

노자키는 오늘 본 것 중 최고로 어리둥절한 표정이었다.

나는 화장실을 노려보았다. 드디어 야구치가 입구에서 나왔다. 하여간 여자들은 화장실이 너무 오래 걸린다. 늘 길게 줄이 생긴다. 하긴, 네 명 중 한 명은 생리 중이니까 어쩔 수 없다만.

"스기모리 군은 내가 죽이기로 했으니까 괜찮아. 그러니까 신경 쓰지 마. 아무렇지 않거든. 뭐든지 다."

"……무슨 소리인지 진심으로 의미를 모르겠거든."

노자키가 우리 아빠 같은 말을 했다.

"너 진짜 괜찮은 거야?"

"상태 아주 좋아. 오늘도 즐겁고."

생긋 웃어 보이고 벤치에서 일어나 돌아온 야구치와 장난스럽게 하이 파이브를 했다. 으악, 화장실에서 나온 남자랑 하이 파이브를 했어. 더러워!

"손 씻고 올게!"

"히로세, 너 되게 무례하다?"

야구치의 불평을 등으로 들으며 나는 화장실로 뛰어갔다. 마침 나온 사토가 나를 보고 야유했다.

"어차피 화장실 갈 거면 가자고 할 때 가지!"

"미안."

순순히 솔직하게 사과했다.

잘했어, 나.

이후 우리는 롤러코스터를 탔다.

그리고 나는 집에 가겠다고 했다.

사토와 야구치와 노자키는 모처럼 놀이공원에 왔으니 늦게까지 놀 생각인가 보다. 나는 혼자서도 집에 갈 수 있으니까 아무렇지 않았다.

내가 떠나려고 할 때, 노자키는 나에게 뭔가 하고 싶은 말이 있는 것처럼 보였는데 사토가 "그럼 공중그네 한 번 더 타자!"라며 성큼성큼 걸어가서 결국 그대로 헤어졌다.

사토, 나이스.

인생 최초로 롤러코스터를 탔으니 목록 중 하나를 소화했다.

다음에 할, 하지 못했던 일 목록을 확인해야겠다.

스기모리 군을 죽이려는 이유 5 : 스기모리 군은 울보다.

스기모리 군은 엄청난 울보였다.

중학생이 되어서도 작은 일에도 울며 맨날 불평만 했다. 불평을 늘어놓을 때마다 그게 점점 부풀고 커져서 더욱 슬퍼지고, 결국 또 엉엉 울음을 터뜨렸다.

적당히 좀 했으면 좋겠다.

내 어릴 때 이야기를 술술 떠벌린 스기모리 군은 모두에게 거짓말쟁이 취급을 당하며 고립되었다. 곁에 친구가 단 한 명도 없었다. 나도 구태여 오해를 풀려고 하지 않았기에 결국 그렇게 되고 말았다.

스기모리 군의 자업자득이라고 할 수는 없다.

그저 스기모리 군은 상황 판단 능력이 부족했다.

나에게는 이미 날 믿어 주는 친구가 있었고 스기모리 군에게는 없었는데, 그 상황을 제대로 파악하지 못했다. 그러니 주목받으려고, 내 친구와 친해지려고 무의미한 짓을 하다가 모두에게 미움을 샀다.

스기모리 군은 훌쩍훌쩍 울었다.

유아, 미안해.

나쁜 의도는 없었어. 다시 예전처럼 친하게 지내 줘. 우리는 친구잖아?

그러면서 하염없이 울었었다.

스기모리 군은 맨날 울었다. 울어서 내 죄책감을 자극하고 상황을 자기가 원하는 대로 끌고 가려고 했다.

스기모리 군이 울면 나도 미안하다고 사과하고 스기모리 군과 다시 친한 척할 수밖에 없었다. 악랄한 작전이다. 사기꾼의 수법과 비슷하다.

스기모리 군이 고립되는 것은 스기모리 군 잘못이니까 어쩔 수 없는데, 스기모리 군은 주변 사람들 욕만 해 댔다. 그 아이들은 처음에 나랑 친하게 지냈으면서, 그 아이는 나한테 빚이 있으면서, 예전에는 나랑 많이 놀았으면서, 나보다 친구도 적은 주제에, 같은 말들을.

스기모리 군은 예전부터 그런 면이 있었다. 일그러진 정의감 비

숫한 것이 있었다. 그런데 중학교 2학년이 되면서부터 더욱 심해졌다.

앙갚음 사건 이후, 스기모리 군은 점점 더 나에게 집착했다. 매번 내게 고민 상담을 해 달라 조르고는, 정해진 순서처럼 울음을 터뜨렸다.

지긋지긋했다.

정말로 지겨워 죽을 것 같았다.

내가 중학교 2학년이 되었을 때, 미토 오빠는 대학교 1학년이 되어 집에서 나가 자취를 했다. 그 결과, 나는 급격히 외로워졌다. 스기모리 군과 친하게 지낼 마음도 있었는데, 매일 같이 그런 일만 있었으니 나도 완전히 피폐해졌다.

그러나 이 시점에서 내가 거리를 두면, 스기모리 군은 이렇게 말할 게 분명했다.

유아는 나를 배신했어. 너무해. 나는 유아를 믿었는데. 배신할 생각이면 처음부터 다정하게 대하지 말지 그랬어. 유아는 사람도 아니야. 예전에는 이러지 않았으면서 왜 이렇게 된 거야?

틀림없다. 불 보듯 뻔하다. 거짓말이 아니다. 이건 진짜다.

솔직히 스기모리 군은 죽어 버리는 편이 세상에 도움이 된다.

아니다.

이건 거짓말이다.

아무리 그래도 그렇게까지는 생각하지 않는다.

죽어 버리는 편이 낫다고까지는 생각하지 않는다.

나는 거짓말을 하는 면이 있다.

그러니 내가 하는 말을 곧이곧대로 받아들이지 않길 바란다.

6.

　미술 선생님은 말이 잘 통하는 분이다. 정년퇴직이 얼마 남지 않은 할아버지 선생님인데, 일본인은 예술에 관심이 너무 부족하다고 항상 투덜거렸다. 예를 들면 이렇게.

　"좀 더 미술관에 가야 해. 미술관에 가서 친구와 대화를 나눠. 일본 미술관은 감시원이 금방 '조용히 해!'라고 하는 게 마음에 안 들어. 이 얘기 저 얘기 나누며 미술을 감상하는 것이 좋아. 집을 그림으로 장식해. 예술가의 그림을 더 많이 사야 해. 마음을 풍족하게 해 주는 것은 예술이야!"

　"하지만 달력이나 분리수거 날짜 알림장 같은 게 붙어 있는 보통의 일본 가정집 벽에 그림을 걸면, 아무래도 분위기를 살리기 어렵지 않을까요?"라고 묻자, 선생님은 그게 문제라며 낙담했다.

일본 집은 좁다.

"게다가 일본은 습기가 많고 지진도 잦아. 여간해서는 고가 그림을 걸지 않지."

나도 내가 그린 그림을 벽에 걸고 싶은 마음은 별로 없었다.

내가 그리는 것은 만화보다 아주 조금 나은 정도의 통속적인 그림이다. 할아버지 선생님이 그리는 추상적인 유화도 파스텔로 휙휙 그린 여자 누드도 못 그린다. 아니, 여자 누드는 부끄러워서 못 그린다. 누드를 그리는 것은 나의 하지 못했던 일 목록에 당분간 포함되지 않을 것이다.

그래도 뭔가 만들어서 장식하는 일이라면 가능할 것 같았다.

그런 이유에서 내가 다음으로 선택한, 하지 못했던 일은 '미술품 제작'이었다.

내가 직접 만들어서 내 방에 장식하기.

내 그림을 벽에 걸 생각은 없어서 조각을 하기로 했다. 아직 해 본 적 없으니 하지 못했던 일로서 점수도 높았다.

조각을 하고 싶고 조각칼이 필요하다고 말하자 할아버지 선생님이 "옜다." 하고 주변에 있던 조각칼을 선뜻 건네주었다. 어라, 이거 학교 비품 아닌가.

"괜찮아, 괜찮아. 어차피 오래된 거니까. 학교는 새 걸 사면 되지."

할아버지 선생님이 웃었다.

역시 말이 잘 통하는 분이다.

나는 월요일 미술 수업 다음부터 오로지 나무를 깎았다.

할아버지 선생님이 동네 목재소에서 받았다는 나무토막이 미술실에 잔뜩 쌓여 있어서 그걸 깎기로 했다. 사실 그 나무토막들을 바라보다가 조각을 해 보자고 생각한 것이긴 하다.

할아버지 선생님은 워낙 말이 잘 통하는 분이어서 나무토막을 다섯 개나 주었다.

조금 커다란 도장 크기.

큼지막한 체스 말을 만들기 딱 좋을 것 같다.

"으아. 또 이상한 걸 하기 시작했네."

사토가 질린다는 표정으로 내 책상을 내려다봤다. 일단 신문지를 펼쳐서 톱밥이 떨어지지 않게 했으니 불평을 들을 이유가 없었다.

나는 싱긋 웃었다.

"조각을 시작했습니다."

"오늘부터 중국식 냉면을 시작했습니다 같은 분위기네."

"중국식 냉면 좋아해. 참깨 소스파."

"호오, 나는 단연코 간장파인데."

"일본인은 뭐든지 대두 맛을 좋아하지. 된장국에 두부를 넣고 낫토에 간장을 뿌리고."

"어이, 대두 최고신님을 함부로 말하지 마. 이 몸은 신심이 아주 깊거든."

사토는 재미있다. 재치 있는 말이 툭툭 나온다.

힐끔 벽에 붙은 우리 반 명부를 봤다.

사토. 전체 이름은 사토 료코.

외웠다.

나는 서걱서걱 나무를 깎았다. 마음이 한껏 들떴다.

정말 깎기 쉬웠다. 나무가 어쩜 이렇지? 역시 미술 선생님, 깎기 쉬운 나무가 무엇인지 잘 알고 있다. 멋지다. 그런 어른이 되고 싶다. 품격 있는 멋진 할머니가 되고 싶다. 물론 품격 없는 호쾌한 할머니도 좋다.

"있잖아, 료코. 다음에 같이 패밀리 레스토랑에 가지 않을래?"

"왜?"

"파르페 먹고 싶어. 가격 신경 쓰지 않고 커다란 거 하나를 만족스럽게 먹어 치우고 싶어."

"흐음, 괜찮겠네."

하지만 돈이 없다면서 사토, 다시 말해 료코가 어깨를 움츠렸다. 그러더니 대담한 미소를 히죽 짓더니 적극적으로 말했다.

"같이 아르바이트하지 않을래? 히로, 아마 미술부였지? 주말에 한가하잖아?"

"그러는 료코야말로 무슨 부야?"

"나는 탁구부. 일주일에 세 번 활동. 약소 팀이어서 주말에 한가해."

"어머나."

"고등학생이라 최저 시급이겠지만 조금만 일해도 지갑 사정이 꽤 달라질 것 같은데. 어때? 부모님이 허락하실까?"

"으음. 글쎄."

어떨까.

"아르바이트생이 문제를 일으키면 가게에 폐가 되지 않을까?"

"뜬금없네. 문제를 일으킬 생각이야?"

"사실은 그래."

료코가 눈을 크게 뜨더니 황당하다는 표정을 지었다.

"대박이네. 그럼 같이 하자고 못 하겠다. 나는 평화롭게 돈을 벌고 싶어."

"우리 고등학교, 아르바이트 금지 아니었나?"

"무슨 말씀을. 학교 부지에서 한 걸음만 나가면 일개 개인이잖아? 아르바이트를 금지할 법적 근거는 전혀 없어."

료코가 팔짱을 끼고 후후후 웃었다.

대단하다.

멋있잖아.

"료코, 커서 변호사가 되고 싶어?"

"장래는 정한 게 없어. 앞으로 문제를 일으킬 예정인 친구도 있으니 어떻게 굴러갈지도 모르겠고. 근데 무슨 짓을 저지를 생각이야?"

그때 예비종이 울렸다.

나는 기뻤다. 료코가 나를 '친구'라고 불렀으니까.

그래서 생긋 웃고 "살인."이라고 대답했다.

료코가 푸하하 웃었다.

"역시 히로야. 나중에 자세히 말해 줘!"

스기모리 군을 죽이려는 이유 6 : 스기모리 군은 독선적이다.

스기모리 군을 처음부터 스기모리 군이라고 부른 것은 아니었다. 나는 스기모리 군과 초등학교에 입학하면서 만났다. 즉, 아빠가 엄마와 알게 되어 둘이 가까워지고 나와 미토 오빠를 자주 만나게 하자고 계획하기 전부터 나는 스기모리 군과 알고 지냈다.

보통 그렇게 어린아이들은 서로를 성씨로 부르지 않는다. 그래서 나는 스기모리 군을 언제나 이름으로 불렀다.

모모카라고.

중학교 3학년이 되자, 스기모리 군은 항상 그러듯이 훌쩍훌쩍 울며 내게 하소연했다.

내 이름이 싫어. 누가 봐도 여자아이 같은 이름이 싫어. 이런 이름을 지은 부모님도 너무 싫어.

그 말을 듣고 나는 당연히 스기모리 군이 여자아이 몸으로 태어났지만 마음은 남자아이인 줄 알았다. 그런데 아니었다. 스기모리 군은 자기 성별에 위화감을 느끼지 않았다. 그저 자신에게 '여자아이'라는 이름표가 붙고, 다른 사람들이 그걸 당연하게 여기고 행동하는 것이 온몸의 털이 곤두설 정도로 싫을 뿐이었다.

의미를 이해할 수 없었다.

쥐꼬리만큼도 공감할 수 없었다.

너무 혼란스러웠다.

그래도 이름으로 부르면 스기모리 군이 상처받는 것을 이해했기에 나는 그때부터 스기모리 군을 스기모리 군이라고 불렀다. 그 정도 일로 스기모리 군이 조금이라도 울지 않을 수 있다면 얼마든지 해 줄 수 있었다. 설령 공감하지 못하더라도 상대가 싫어하는 일을 조심하는 것쯤은 흔쾌히 할 수 있었다.

그러나 호칭을 바꿔도 스기모리 군의 비뚤어진 마음을 달랠 수 없었다. 오히려 스기모리 군의 '용서할 수 없는 포인트'는 날이 갈수록 많아졌다.

스기모리 군의 용서할 수 없는 일 목록은 이렇다.

· 우리 부모님은 맨날 잔소리만 한다. 너무하다.

· 여자에게 교복 치마를 강요한다. 너무하다.

· 비 오는 날에도 학교에 가야 한다니 너무하다.

· 같은 반 친구들이 너무하다.

· 선생님들이 너무하다.

· 우리 부모님이 너무하다.

· 유아의 부모님도 너무하다.

물론 이건 일부에 지나지 않았다. 이것을 원인으로 나와 스기모리 군은 싸웠다. 내가 왜 우리 부모님까지 나쁘게 말하느냐고 화를 내자, 스기모리 군은 당연하다는 얼굴로 "왜냐하면 유아의 부모님은 두 분 다 이혼했잖아."라고 말했다.

"유아의 아빠도 미토 오빠의 엄마도 아이가 있는데 이혼했잖아. 아이가 있으면 이혼하면 안 되는 법이야. 왜냐하면 아이가 상처받잖아. 최소한 아이가 스무 살이 될 때까지는 기다렸어야지."

이것만큼은 용서할 수 없었다.

절대로 용서할 수 없었다.

지나친 참견이라고 웃고 넘어갈 수준이 아니었다.

스기모리 군은 알고 있으면서. 왜 우리 아빠가 엄마와 이혼해야 했는지, 우리 엄마가 얼마나 폭력적이었는지, 아빠가 이혼해서 내가 얼마나 고마워하는지, 분명히 말했는데 왜 그런 말을 하지? 도무지 이해할 수 없었다.

스기모리 군은 항상 그랬다.

자기만 옳고 다른 사람은 전부 틀렸다고 믿었다.

그건 전혀 정당하지 않고, 당연히 위험한 사고방식이다.

뭔가 착오가 생겨 스기모리 군이 절대적인 권력을 손에 넣는다면 독재자가 되어 사람들을 괴롭혔겠지. 틀림없이 그럴 거다. 나는 안다.

그러니까 스기모리 군을 죽여야 한다.

7.

6월이 되었다.

료코는 패밀리 레스토랑에서 아르바이트를 시작했다.

나는 순조롭게 목각 인형을 늘려 가는 중이었다.

할아버지 미술 선생님은 내 새로운 취미를 적극 응원하며, 이후로도 나무토막을 정기적으로 기부했다. 다른 선생님들은 수업 중에 교과서를 잘 펼쳐 놓기만 하면 책상 위에 나무와 조각칼을 올려놔도 좋다고 말했다. 절대로 나무를 깎지 말라고 무서운 표정으로 경고한 선생님도 두세 명 있긴 했다.

나는 다양한 인형을 만들었다. 제법 복잡한 것도 만들 수 있게 되었다.

체스 말, 고케시*, 지장보살, 복을 부르는 고양이, 토템 기둥, 그리고 변형한 애니메이션 캐릭터.

검색한 사진을 보며 동물을 조각했는데, 나는 동물보다 사람 형상을 만드는 게 좋았다. 그래서 이름 없는 사람들을 잔뜩 조각했다.

료코와 야구치가 제멋대로 이름을 지어 붙여서, 등에 '저스틴', '센타로', '퍼트리샤' 같은 이름이 적힌 조각들도 몇 개 있었다. 그러면 나도 어쩔 수 없이 그들을 그 이름으로 불러야만 할 것 같았다.

야구치가 재미있어하며 모두에게 이름을 붙이려고 해서 최소한 귀여운 이름으로 지으라고 부탁했다. 그랬더니 야구치는 이름 없는 목각 인형에 '퉁퉁이'라고 적었다.

그건 좀 너무하잖아. 야구치는 귀여운 게 뭔지 아예 모른다. 완전 글렀다. 나는 퉁퉁이라는 글자를 슬쩍 깎아 내야만 했다. 덕분에 등이 휜 이상한 자세의 인형이 되고 말았다. 불쌍해라.

물론 조각 초보인 내가 만드는 인형들은 죄다 완성도가 형편없었다. 생김새는 대충이고 코는 처음부터 깎여 나갔다.

그래도 때로 조각칼에 다치면서도 열심히 만든 인형들은 전부 내 자식 같았다. 표현이 과하다. 자식은 아니다. 그래도 애착을 느꼈다. 가족의 일원 정도로는 생각했다. 이름을 짓는 부모 역할은 야구치가 담당했지만.

나는 조각에 완전히 열중했다. 한 주가 지나고 두 주가 지나고

---

* 원통형 몸통에 동그란 머리를 붙인 여자아이 모양의 일본 전통 인형.

삼 주가 지나도 질리지 않았다. 야구치는 "너 점점 더 실력이 는다."라고 칭찬했고, 료코는 "나도 하나 만들어 주라."라고 요청했다.

남에게 주려면 사람 모양보다는 동물 모양이 좋을 것 같아서 나는 료코를 위해 작은 날개가 달린 돼지를 조각해서 선물했다. 사실적인 돼지가 아니라 조금 변형을 준 귀여운 돼지였다.

나무여서 색은 없지만 일단은 까만 돼지라고 말하자, 료코는 진지한 표정으로 엄지를 세우고 "최고야."라며 기쁘게 받았다. 자기 방의 책상 위에 장식하겠다고 했다. 조금 부끄러웠다. 야구치가 곧바로 '돈가스 타로'라고 이름을 붙이려고 했으나 료코가 노려봐서 꿍얼거리며 화장실로 도망쳤다. 조금 웃겼다.

최근 나는 점심을 료코와 둘이 먹게 되었다.

하 행의 다른 여자들은 시오노와 함께 온 교실이 쩌렁쩌렁 울리게 웃으며 밥을 먹는 것이 당연해졌다.

여름 방학 전에 이렇게 점심 멤버가 바뀔 줄이야. 나도 미처 짐작하지 못했다. 교실의 다른 아이들도 하나둘 이동을 시작한 듯했다.

제일 먼저 친한 그룹과 점심시간을 보내기 시작한 시오노, 사실은 대단한 사람이지 않을까 싶었다. 료코와는 여전히 대화하지 않지만.

료코의 좋은 점은 시오노가 마음에 들지 않을 텐데도 시오노의 욕을 대놓고 하지 않는 면이었다. 때때로 발끈한 표정으로 세련된 아이들 그룹을 바라보며 "진짜 시끄럽네."라고 중얼거리긴 해도 이러쿵저러쿵 악담을 늘어놓지 않았다.

나는 크게 안심했다.

세상에 이런 사람도 있다는 것에 안심했다.

가능하면 료코와 앞으로도 쭉 친구로 지내고 싶었다. 내가 소년 원에 들어간 뒤에도 면회를 와 주면 좋겠다. 하지만 그건 너무 이기적인 바람이려나. 나 같은 사람에게 료코처럼 훌륭한 친구는 분수에 맞지 않을지도 모른다.

료코는 나와 같이 파르페를 먹기 위해 아르바이트를 시작했는데(본인은 "원래 할 생각이었어."라고 새침하게 굴지만), 어느 날 흔한 패밀리 레스토랑에서 파르페를 먹는 것은 찬성하지 않는다고 말했다.

"패밀리 레스토랑에서 일을 시작하고 알았어. 패밀리 레스토랑에서는 아르바이트생이 요리를 준비해. 손님 눈에 보이지 않는 주방에서 말이지. 가끔 딸기를 떨어뜨려도, '에잇' 하고 그대로 파르페 위에 얹어서 아무렇지 않게 손님 테이블에 가지고 간다니까. 제대로 일하는 아르바이트생도 많겠지만 완전히 운이야. 나, 왠지 인간을 불신하게 될 것 같아."

그런 이유로 패밀리 레스토랑에서 파르페를 먹는 것은 그만두었다. 그 대신 우리는 파르페를 직접 만들어서 먹기로 했다. 고등학교에서 사귄 친구가 집에 놀러 오는 것은 처음이었다.

6월 하순, 료코가 첫 아르바이트 월급을 받은 다음 토요일. 장마철인데 비가 별로 내리지 않아 그날도 아침부터 화창했다.

나는 1층에 내려가 먼저 엄마에게 친구가 온다고 보고해야 했다. 엄마는 거실의 아일랜드 식탁에 앉아 노트북을 펼치고 업무메일을 읽고 있었다.

미토 오빠를 혼자 손으로 키운 엄마는 상당한 수입을 자랑하는 일을 한다. 아빠와는 거래처 비슷한 관계로 만났다고 들었다. 그러나 요즘은 거의 재택근무를 했다. 아마 상처받은 나를 집에 혼자 두기 싫어서겠지. 나는 이제 어린아이가 아닌데. 그래도 조금은 기뻤다.

일할 때 엄마는 아주 멋있다. 눈을 날카롭게 빛내며 키보드를 타닥타닥 두드린다. 엄청난 속도로. 멋있다니까.

나는 엄마 옆에 서서 "무슨 일 있니?"라고 말을 걸 때까지 기다렸다가 말했다.

"친구가 와요."

"친구라니, 오늘?"

엄마가 놀라서 물었다. 나는 고개를 끄덕였다.

"안 돼?"

"아니, 안 되는 건 아닌데. 어머나, 몇 시에?"

"1시에 역까지 데리러 가서 마트에서 살 거 사고 집에 올 예정. 둘이 같이 파르페를 만들어서 먹을 거예요."

엄마는 굉장히 기쁜 표정으로 웃었다. 눈물이 고인 것 같은데 기분 탓일까? 아니, 정말로 울고 있다. 진심?

"그래. 그렇구나. 물론 괜찮지. 중학교 친구?"

"아니, 고등학교 같은 반. 앞자리에 앉는 사토 료코."

"그래, 알았다. 그럼 나는 오늘 다른 방에서 일할게. 어디 보자, 필요한 게 있니? 할머니한테 받은 홍차 꺼낼까?"

"괜찮겠다. 그래도 료코한테 물어보고 할게요. 홍차를 좋아하는지 잘 모르니까."

"그렇구나, 그러네. 어머, 큰일 났네. 그럼 청소기 돌려야겠다."

나는 부엌에 서서 파르페에 쓸 만한 잔을 적당히 골랐다.

아빠와 엄마가 재혼했을 때, 엄마와 미토 오빠가 우리 집에 엄청난 짐을 가지고 이사를 왔기에 내가 파악하지 못한 물건이 지금도 가끔 나왔다. 의자를 발판 삼아 제일 높은 찬장을 살펴보자, 역시 본 적 없는 잔이 빽빽한 숲처럼 늘어서 있었다.

엄마는 와인을 꽤 좋아해서 유난스럽게 커다란 와인 잔도 여러 개 있었다.

잘됐다. 이거라면 멋진 파르페가 되겠다.

하지만 와인 잔은 생각보다 얇았다. 여기에 파르페를 담으면 틀림없이 깨질 것이다. 그건 무섭다. 커다란 와인 잔은 왠지 비쌀 것 같고 위험을 감당하기보다는 평범한 컵으로 파르페를 만드는 편이 좋을지도.

의자에서 내려와 평소 쓰는 컵을 넣어 둔 찬장을 열어 길쭉하고 입구가 넓은 주스 잔을 몇 개 꺼냈다.

이거라면 바닥까지 초콜릿 소스를 잔뜩 담을 수 있겠다. 생각해 보면 패밀리 레스토랑에서 쓰는 파르페 그릇은 끝으로 갈수록 너무 가늘다. 마지막의 마지막에는 초콜릿 소스가 바닥에 고이는데 파르페 전용 긴 스푼조차 폭이 너무 넓어서 바닥까지 닿지 않아 매번 아까웠다. 이렇게나 가까이 있는데도 결코 닿을 수 없다니, 마치 불륜 노래 가사 같은 안타까움이 밀려왔다.

아, 그러고 보니.

"스푼이 없네."

"스푼?"

청소기를 가지고 온 엄마가 콘센트에 코드를 꽂으려는 자세 그대로 '비상사태잖아!'라고 외치려는 듯한 표정으로 돌아보았다.

어쩌면 이 사람, 나를 위해서라면 뭐든 해 주지 않을까.

엄마 얼굴을 보는데 문득 그런 생각이 들었다.

역시 나를 좋아하는 것 아닐까. 걱정만 하는 게 아니라, 사랑하는 남편의 딸에게도 확실한 애정을 느끼는지도 모른다.

"응, 파르페 전용인 길쭉한 스푼. 우리 집에 없죠?"

"음, 그렇지. 그건 없지. 그래도 평범한 스푼으로 파르페를 먹는 건 아니지."

오오.

엄마, 의외로 말이 통하는 사람이네.

"음. 잘 모르겠어요. 료코한테 물어봐야겠어요. 어쩌면 마트에서 팔지도 모르고."

역 근처 마트 2층에는 100엔 가게도 같이 있었다.

나는 100엔 가게를 절대적으로 신뢰한다. 파르페 전용 길쭉한 스푼쯤은 있겠지. 틀림없다.

"그런가. 응, 그렇겠다. 용돈 좀 줄까?"

"그래도 돼요?"

"그럼. 아빠한테는 비밀이다."

"신난다."

일단 오늘을 위해 돈을 준비했지만 자본금은 많을수록 좋았다.

나는 노구치 히데요* 몇 명을 감사히 받아 내 지갑에 숨겼다. 그리고 시간이 다 되어 료코를 데리러 역으로 갔다.

스기모리 군을 죽이려는 이유 7 : 스기모리 군은 너무 약하다.

뭐든지 트집을 잡고 뭐든지 불평만 하는 스기모리 군은 점점 삶을 버겁게 여겼다.

눈에 보이는 전부가 참을 수 없다면 결국 눈을 감을 수밖에 없다. 그 당연한 사실을 스기모리 군도 간신히 깨달았나 보다. 스기모리 군은 눈을 감고 있어도 괜찮도록 학교에 오지 않았다. 고등학교 입시를 앞뒀는데.

스기모리 군이 학교에 오지 않게 되자 이번에는 스기모리 군의

---

* 일본의 1,000엔 구권 지폐의 인물로 의사이자 세균학자. 2024년부터 나온 신권에는 다른 인물로 바뀌었다.

엄마가 나를 성가시게 굴었다.

스기모리 군의 엄마는 원래도 약간 성가신 사람이었다. 나는 예전부터 스기모리 군의 엄마가 불편했다. 스기모리 군은 자기 엄마 앞에서는 항상 착한 아이로 있어야 했기에 조금 답답할 것 같았다. 착한 아이이여야만 하는 딸이 등교 거부를 했으니 스기모리 군의 엄마가 필요 이상으로 허둥거리는 것은 당연한 흐름이었다.

그렇다고 해서 나를 끌어들이다니 너무 어이없지 않나.

스기모리 군의 엄마는 이틀에 한 번은 나에게 전화를 걸어서, 딸과 같이 학교에 가 달라거나 같이 놀자고 말해 달라고 요구했다. 보아하니 스기모리 군이 나랑 같이 간다면 학교에 가도 괜찮다고 말했나 보다.

쓸데없는 짓을 하네.

스기모리 군과는 이미 오래전부터 같이 등교하지 않았다.

집이 근처여서 예전에는 자주 같이 갔었다. 그러나 스기모리 군은 중학교에 올라가면서 상습적으로 지각을 했다. 스기모리 군을 기다리면 나까지 학교에 지각한다.

그래서 나는 스기모리 군의 엄마에게 우물쭈물 변명하며 학교에 같이 가겠다고 약속하지 않았다. 나는 성실했고 감기에 걸린 적도 없었으니 졸업식에서 무지각 무결석의 개근상을 받고 싶었다.

안 그래도 스기모리 군은 나에게 툭하면 라인 메시지를 보내고 전화를 걸었다. 이렇게 힘든 일이 있었다거나, 조금 괴로운 일이 생겼다거나, 나에게 하고 싶은 이야기가 있다거나. 의미심장하게 굴면서 자길 봐 달라고 부담스럽게 어필했다.

나는 이렇게 약해.

날 봐 줘. 나는 여기 멈춰 서 있어.

같이 지각해도 뭐 괜찮지 않니?

그렇지만 나는 지각하기 싫었다.

나는 점점 스기모리 군의 라인에 답을 보내지 않았다.

그러다가 아예 확인도 하지 않았다.

차단할지 말지 고민하기 시작했다.

어느 날, 스기모리 군이 사진을 한 장 보냈다.

사진만. 다른 말이나 이모티콘도 없이. 열어서 확인하지 않으면 어떤 사진인지 모른다.

나는 스기모리 군과의 대화창을 누르고 곧바로 후회했다.

스기모리 군은 빨간 줄이 하나 그어진 자기 손목 사진을 나에게 보냈다.

성실하게도 배경인 책상 위에는 스기모리 군이 취미로 만드는 지우개 도장용 커터 칼이 놓여 있었다. 팔뚝에는 조금 아물어 가는 무수한 줄도 언뜻 보였다.

나는 정말이지 더는 상대하고 싶지 않았다.

이제는 안 되겠다고 생각했다.

더는 못하겠다.

무서웠다.

그래서 나는 내 세계에서 스기모리 군을 추방했다.

설정을 눌러 스기모리 군을 차단했다.

차단이란 즉 절교한다는 의미다.

친구 한 명을 내 안에서 죽인다는 의미다.

8.

료코는 아주 화사한 원피스를 입고 왔다. 상상 이상으로 멋을 부렸다. 큰일 났다.

나는 후회했다. 나도 좀 더 예쁘게 입을 걸 그랬다. 아니, 잠깐만. 곧 우리 집에서 놀 테니까 나는 집에 가자마자 예쁜 옷으로 갈아입으면 된다.

뭐야, 해결했네.

료코는 더욱더 대단하게도 파르페 전용 긴 스푼을 두 개 챙겨왔다.

이거 실화? 최고다.

"히로네 집에 스푼이 있는지 묻는 걸 깜박했는데, 어차피 있어도 그렇게 짐이 되지 않으니까 일단 챙겨 왔어."

료코가 히히 웃어서 나는 진지한 표정으로 료코를 끌어안았다.
료코는 장난스레 웃었다.

"후후후, 선처하지. 그럼 사러 가자!"

우리는 최고의 초콜릿 바나나 파르페를 만들 계획이었다. 일단
뭘 살지 정했다. 초콜릿 소스, 바나나, 바닐라 아이스크림, 콘플레
이크, 키위, 딸기, 오렌지, 럼에 절인 건포도.

"초콜릿 바나나 파르페에 과일이 이렇게 많이 들어가던가?"

"상식에 얽매이면 안 돼, 료코. 욕망이 이끄는 대로 마구 사자.
안 그래도 우리 엄마가 군자금을 줬거든."

"히로네 엄마 진짜 최고다!"

"그렇지."

우리는 아이스크림이 녹기 전에 서둘러 집에 돌아왔다. 현관문
을 열었는데, 아까 나올 때와 달리 신발이 가지런하게 정돈되었
다. 엄마가 안 신는 신발을 전부 신발장에 넣었나 보다.

"와, 집이 엄청 깔끔하다."

"자, 들어와."

"안녕하세요."

우리는 얼른 아이스크림을 냉동실에 넣고 과일은 냉장고에 넣
었다.

료코는 유명인의 집에 돌격한 리포터처럼 일일이 감동했다.

우리 집에는 딱히 세련된 가구도 없고 미니 시어터도 없고 벽
에 걸린 그림도 없는데.

료코는 엄마에게도 완벽하게 인사했다.

"안녕하세요. 유아가 언제나 저한테 잘해 줘요. 아, 그리고 이거 괜찮으시면."

그러면서 내민 것은 도라야키*였다.

엄마는 감격했다.

"이런 거 사 오지 않아도 되는데!"

"아니에요. 아, 입에 맞으시면 좋겠어요."

"고맙다. 그렇지, 먼저 유아 짱 방에 가지 그러니? 역에서 멀어서 오느라 지쳤지. 밖이 꽤 더워서."

"그래, 그러자. 료코, 이쪽이야."

"오케이."

료코는 엄마에게 꾸벅 인사하고 내 뒤를 쫓아 계단을 올랐다.

"우아, 히로네 어머니 진짜 미인이시다. 그런데 별로 닮지 않았네?"

"응. 혈연관계가 아니라서."

내 말을 듣고 료코가 멈춰 서서 눈을 껌벅거렸다.

"그래?"

"아빠가 재혼했거든. 가정 시간에 스텝패밀리라고 배웠지? 나 스텝브라더도 있어. 의붓오빠. 엄마 아들이고 지금 대학교 3학년."

"어, 진짜. 몰랐어……."

● 팬케이크처럼 구운 빵 사이에 팥소를 넣은 것.

“말 안 했으니까.”

“말해라.”

“지금 말하잖아.”

“아, 맞네.”

깔깔 웃는 료코. 나도 같이 웃었다.

2층에 도착해 방문을 열자 료코가 “히야!” 하고 환성을 질렀다.

“대박이다. 엄청나게 만들었네.”

내 방 책장, 책상 위, 사이드테이블, 창틀에는 목각 인형들이 줄 지어 놓여 있었다. 나는 후후후 거만하게 웃으며 “더 만들 거랍니 다.”라고 료코에게 말했다.

“만화 읽는 건 금방 질렸는데 조각은 심오하더군요.”

“우아, 이미 여고생이 할 대사가 아니야.”

“황공합니다.”

“칭찬 아니거든.”

나는 킥킥 웃으며 침대에 앉았다.

료코는 가방을 내려놓고 한동안 목각 인형들을 바라보았다. 하 나씩 집어 들어 야구치가 적은 이름을 읽고 일일이 “이건 아니다.” 라고 하거나 “걔 네이밍 센스가 바닥이네.”라고 한마디씩 했다. 나 는 깔깔 웃었다.

“그런데 이렇게 많으면 무서워지지 않아? 얘들의 감시를 받으 며 생활하는 것 같잖아.”

“분명 지켜봐 주겠지. 나라는 범죄자의 미래를.”

"응? 무슨 소리야?"

"전에 말하지 않았나. 나는 살인을 할 생각이거든."

료코는 목각 인형에 내밀던 손을 우뚝 멈추고 나를 봤다.

"히로는 어디서부터 농담이고 어디서부터 진담인지 잘 모르겠더라. 늘 진지한 얼굴로 말하니까."

"나는 언제 어느 때나 진지할 따름인데."

"음, 그렇게 나오시겠다."

그러더니 내 옆에 풀썩 앉았다.

나는 스기모리 군을 생각했다.

몇 번이나 셀 수 없이 스기모리 군과 이 방에서 지냈다. 이렇게 나란히 침대에 앉아 만화책을 읽고 수다를 떨면서.

"골목 맞은편에 스기모리 군의 집이 있어."

나는 말했다. 료코는 어리둥절한 표정으로 고개를 갸웃거렸다.

"누구야?"

"내가 죽이려는 아이. 초등학교랑 중학교가 같았어. 소꿉친구야."

료코의 미간에 점점 주름이 잡혔다.

"소꿉친구를 죽이려고?"

"너무한 아이거든. 정말 너무해."

나는 지금까지 정리한 스기모리 군을 죽이는 이유를 머릿속으로 되새겼다.

"스기모리 군은 심술궂어. 못됐고 제멋대로야. 나를 괴롭히려고

했어. 실패했지만. 그리고 울보에 다른 사람 험담만 하고 진짜 고
집이 세고…….”

“그래도 정말 진심으로 죽일 생각은 아니지?”

“아니야, 정말 진심으로 죽여야만 해. 스기모리 군은 나쁘니
까…….”

“그럼 어떻게 죽일 건데? 언제? 어디에서? 흉기는?”

“어…….”

나는 눈을 깜박였다.

어라.

그러고 보니 어떻게 하면 되지?

미토 오빠의 말을 듣고 죽이는 이유만 생각했다는 걸 깨달았다.
죽일 방법까지는, 그 구체적인 내용은 전혀 생각하지 않았다.

애초에 어떻게 해야 스기모리 군을 죽일 수 있지?

어떻게 해야 ‘내가’ 죽인 게 되지?

료코는 나를 가만히 바라보았다. 내가 아무런 대답을 하지 못하
자, 히죽 웃더니 내 이마를 쿡 찔렀다.

“히로는 이렇게 맹한 면이 좋더라.”

나는 그 어떤 말도 할 수 없었다.

그저 조용히 충격받았다.

료코가 왜 그런 말을 하는지 모르겠다.

왜 나를 무시하는 거지?

스기모리 군을 죽여야만 하는데. 료코는 나를 이해할 줄 알았

는데.

왜 그런 식으로 놀려?

내가 아무 생각 없는 바보인 것처럼.

혹시.

나는 아무 생각 없는 바보일까.

그렇다면 나는.

"료코."

"응? 아, 슬슬 파르페 만들까?"

"그만 집에 가면 좋겠어."

료코가 그 자리에 얼어붙고 말았다.

내 말의 의미를 모르겠다는 표정.

"어……."

"그만 나가면 좋겠어. 우리 집에서. 지금 당장."

료코가 어리둥절한 표정으로 나를 봤다. 그리고 깜짝 놀랐다.

나도 나 자신에 깜짝 놀랐다.

눈물이 줄줄 흘렀으니까.

어라.

나.

울 수 있네.

"가. 가 버려. 가! 가! 가! 가! 가라고!"

마지막에는 고래고래 악을 썼다. 이런, 쇳소리가 났다.

무서워. 공포 영화야.

갑자기 왜 이러지, 나.

료코는 두뇌 회전이 빨랐다. 역시.

가방을 움켜쥐고 서둘러 계단을 내려갔다. 거실 문이 열리는 소리가 나고, 엄마가 조심스럽게 말을 거는 목소리가 들렸다.

"무슨 일이니?"

"죄송합니다. 저, 이만 갈게요."

"뭐? 하지만 아직 파르페를 안 만들었잖아."

"길은 알아요. 안녕히 계세요!"

현관문을 여는 소리. 엄마가 슬리퍼를 신고 허둥지둥 밖으로 나가 사과하는 목소리. 미안하다, 또 오렴, 같은.

그리고 잠시 뒤 현관문이 닫히고 잠금장치가 걸리고, 쿵쿵쿵 조용히 계단을 올라오는 소리가 났다. 엄마가 열려 있는 내 방문으로 고개를 들이밀고 울음 섞인 목소리를 냈다.

"……유아 짱?"

나는 앉은 채로 몸을 기울여 침대에 누웠다. 눈물이 뚝뚝 흘렀다. 눈물이 코를 지나 뺨을 미끄러져 그대로 이불에 스며들었다. 이러다가는 침대가 흠뻑 젖을 것이다. 그런데도 눈물이 그치지 않았다.

엄마가 방 앞에서 머뭇거렸다.

부탁이야. 거기 있어요.

"유아 짱…… 들어가도 될까?"

나는 아무 대꾸도 하지 않았다.

그저 울면서 엄마를 빤히 바라보았다.

엄마는 아마 두려울 거다. 나라는 외계인이 두렵겠지. 가능하면 당장 1층으로 내려가 사랑하는 남편이나 피가 이어진 진짜 아들에게 전화를 걸어서, 부탁이니까 나를 혼자 두지 말라고 도움을 요청하고 싶을 것이다.

하지만 엄마는 도망치지 않았다. 울고 있는 나를 바라보며 울음이 터질 듯한 얼굴로, 허락하지 않았는데 내 방에 들어왔다.

엄마는 침대 옆에 무릎을 꿇고 내 손을 꼭 잡았다.

그리고 같이 울어 주었다.

최고라고 생각했다.

우리 엄마는 최고의 엄마라고 생각했다.

스기모리 군을 죽이려는 이유 8 : 스기모리 군은 자기 손으로 자기를 죽이려고 한다.

스기모리 군은 자살했다.

골든 위크 마지막 날.

내가 스기모리 군을 죽이겠다고 마음먹고 미토 오빠에게 전화를 걸기 일주일 전이었다.

스기모리 군이 죽었다는 소식을 들었을 때, 솔직히 하나도 놀랍지 않았다.

오히려 '역시.'라고 생각했다.

다음으로 '다행이네.'라고 생각했다.

스기모리 군은 내내 죽고 싶어 했다. 산다는 것이 괴로워서, 너무 괴로워서 힘들어했다. 그러니 바라던 대로 죽을 수 있어서 다행이라고 생각했다.

그런 다음, 기분이 최악으로 가라앉았다.

스기모리 군에게 이 세상은 너무도 괴로웠다. 아무리 포근한 말이라도 스기모리 군의 귀를 지나면 가시 돋친 흉기로 변했다. 그런 말을 수없이 듣고 멀쩡한 사람은 없다. 그러니까 스기모리 군도 무사할 수 없었다.

스기모리 군은 죽기 세 시간 전에 나를 불렀다.

차단한 라인이 아니라 일부러 집에 전화를 걸어서.

"만나고 싶어."

스기모리 군이 말했다. "유아랑 만나고 싶어. 부탁이야. 우리 집에 와 줘."라고.

나는 지긋지긋했다. 또 자기 좋을 대로만 말하는 스기모리 군에게 짜증이 났다. 만나고 싶다면 네가 직접 우리 집에 오라고 생각했다. 정말 성가셨다.

스기모리 군은 자기만 불쌍하다고 주장하며 다정하게 대하라고 요구만 하고, 스스로 남과 맞추려고 하거나 남을 다정하게 대하려는 면이 아예 없었다. 전혀 없다. 정말로 없다.

그래서 나는 가지 않았다.

귀찮았고 지쳤으니까.

고등학생이 되어 나는 스기모리 군에게서 해방된 기분이었다.

연휴 마지막 날. 내일부터 또 학교에 가야 하는, 누구나 우울해지는 저녁이었다.

나도 우울했다. 그러니 마음이 더 가라앉을 게 뻔한 스기모리 군과 만나기 싫었다.

아마 스기모리 군은 정말로 위험했을 것이다. 골목 맞은편인 우리 집까지 걸어올 기력도 없었을 것이다. 그래도 나에게 전화를 걸 힘만큼은 남아 있었다. 내가 말려 주길 원해서, 마지막 힘을 쥐어짜 도움을 청했을 것이다.

그러나 나는 말리지 않았다.

스기모리 군을 구하지 않았다.

집에 있으면서 귀찮다고 핑계를 대며 모르는 척했다.

다음 날 학교 갈 준비를 하고 숙제를 해치우고, 돼지 저금통에 의미 없이 모으는 동전을 넣었다.

그리고 스기모리 군은 죽었다.

여러 가지 약을 한꺼번에 먹었다. 물도 아니고 부모님의 술로 삼키려고 했다. 몇 개나, 아니 셀 수 없이 많이. 그만한 양을 먹으면 몸에 안 좋다는 것은 누구나 알 수 있다. 나는 한 달에 한 번 생리통으로 진통제 한 알 먹는 것도 망설인다.

그런데 스기모리 군은 저질렀다.

평소에 스스로 상처를 주며 살았던 탓에 어딘가 마비되었을 것이다.

자신을 소중히 여기는 자기방어 기제가 망가졌을 것이다.

스기모리 군은 자기 방에서 쓰러진 상태로 발견되었다. 스기모리 군은 약을 너무 많이 먹어 정신을 잃었고, 그 상태로 토했다. 직접적인 사인은 약이 아니었다. 자기가 토한 토사물에 질식해서 죽었다고, 장례식에서 중학생 때 같은 반이었던 아이들이 쑥덕거리는 것을 들었다.

대체 뭐냐고, 나는 생각했다.

진심으로 그렇게 생각했다.

대체 왜 그렇게 죽은 건데.

장례식에는 근처 사는 노자키도 왔었을 것이다. 대화를 하지는 않았지만. 나는 그 누구와도 대화를 나누지 않았다. 향을 피우고 초밥을 먹고, 아빠를 재촉해 얼른 집으로 돌아왔다.

스기모리 군은 그냥 내버려 두면 자기 손으로 자신을 죽인다.

그러니까 내가 스기모리 군을 죽여야 한다.

내가 먼저 죽인 것으로 해야만 한다.

그러지 않으면 공평하지 않다.

거기에 내 죄가 포함되지 않으면 하나도 공평하지 않다.

9.

　모든 것이 잘못되었다는 기분에 사로잡힌 나는 다시 미토 오빠에게 전화를 걸었다.

　미토 오빠는 전화받는 걸 싫어하면서 이번에도 신호 한 번 만에 받았다.

　"여보세요, 히로?"

　혹시 미토 오빠도 나를 걱정하는 것일까. 엄마에게 무슨 말을 들었을 가능성이 높다.

　그러니까 내가 건 전화를 바로 받는 것이다.

　"미토 오빠. 나는 잘못된 걸까?"

　인사도 하지 않고 말하자 미토 오빠가 입을 다물었다.

　전화 너머에서 철도 건널목에서 나는 소리가 들렸다.

문득 미토 오빠에게는 미토 오빠의 생활이 있다라는 생각이 들었다.

나를 상대할 시간이 사실은 없지 않을까. 미토 오빠는 대학생이고 나는 얼마 전까지 중학생 꼬마였던 햇병아리 고등학생이다. 미토 오빠에게는 반짝이는 캠퍼스 라이프가 있고 장래가 있고 희망이 있다. 그런데 피도 이어지지 않은 의붓동생인 내가 진흙탕 같은 인간관계에 얽매인 상태로 발목을 붙들고 늘어져도 될까.

이런 생각을 꾸역꾸역하는 시점에서 역시 나는 나약하다.

나는 전화를 하는 편이 좋다.

미토 오빠에게 도움을 청하는 편이 좋다.

그렇지만 내가 도움을 청하면, 그런 내가 나에게 도움을 청했던 스기모리 군과 뭐가 다를까. 스기모리 군을 도와주지 않았던 주제에 왜 나만 도움을 받으려고 하는 건데.

"……그 질문에는 대답할 수 없겠네."

비로소 미토 오빠가 대답했다.

내 마음이 쪼그라들었다. 슈르륵슈르륵. 마치 바람 빠진 풍선 같았다.

"그렇지. 미안해."

"어쩌면 그 질문 자체가 잘못되었을지도 몰라."

바람이 빠지며 쪼드라들던 풍선이 잠깐 멈췄다.

역시 미토 오빠다웠다. 나는 잠깐 멈춰서 그 말이 무슨 의미인지 생각했다.

"잘못되었는지 잘못되지 않았는지 생각하는 것 자체가 잘못된 것 아닐까? 애초에 수학과는 다르니까. 옳고 그름은 사람에 따라 달라."

나는 고개를 끄덕였다.

순간 아인슈타인의 익살스러운 얼굴이 머릿속에 떠올랐다.

과학의 세계에서조차 올바른 답이 때때로 길을 잃고 미아가 되곤 한다고, 예전에 미토 오빠가 했던 말이 생각났다.

아인슈타인은 상대성 이론을 주장하고 시간이 일그러지는 것을 발견했다. 그 뒤에 시간이 일그러진다면 공간도 일그러져야 이상하지 않다는 의견이 나왔는데, 아인슈타인이 그럴 리 없다고 직관적으로 단정 짓고 공간은 일그러지지 않는다는 이론을 주장했다. 그래서 물리학 세계에서 공간은 일그러지지 않는다는 게 상식이 되었다.

하지만 지금은 공간 또한 일그러지는 것이 옳다고 여겨진다. 그 이론을 정립한 사람 역시 아인슈타인이었다.

정교하고 빈틈없어 보이는 과학과 물리의 세계조차 무엇이 옳은가에 대한 정의는 비교적 느슨하게 변해 왔다. 그렇다면 감각이나 감정의 세계는 그보다 훨씬 더 완만하고 느릿하게 변화하지 않을까.

느낌상 그럴 것 같았다.

"그럼…… 잘못된 건지 아닌지 생각하지 않아도 된다는 뜻? 내가 스기모리 군을 죽이려고 하는 게 잘못되지 않았어?"

나는 말했다.

그럴까. 정말로 그렇게 생각해도 될까.

왠지 좀 잘못되지 않았나?

"그보다는…… 생각해도 답이 나오지 않잖아. 이런 종류의 문제는."

미토 오빠가 말했다.

덜컹덜컹, 전철 지나가는 소리가 났다.

나는 전철이 다 지나가기를 기다렸다가 말했다.

"어떻게 하면 스기모리 군을 죽일 수 있을지 생각하지 않았어."

미토 오빠와 연결된 전화 너머에서 사람들이 웅성거리며 걸어가는 소리가 들렸다. 미토 오빠는 이동하면서 내 말에 귀를 기울였다.

"그래서?"

"그래서…… 어떻게 하면 좋을지 생각했어."

"응. 그래서 히로는 어떻게 하고 싶어?"

어떻게 하고 싶을까. 생각했다. 충분히 1분간.

그러나 생각할 것도 없이 답은 정해졌다.

"스기모리 군을 죽이고 싶어."

"응. 그렇다면 답은 간단할 거야."

미토 오빠가 말했다. 드문 일이다. 내가 생각하게끔 유도하지 않고 선뜻 답을 제시하다니.

"처음 전화했을 때, 히로는 나에게 죽이는 방법을 묻지 않았어.

즉, 그때는 잘 알고 있었을 거야. 알고 있었으니까 방법은 생각하지 않고 스기모리 군을 죽이겠다고 내게 보고했겠지. 히로, 복잡하게 생각하지 마. 그때 무슨 생각을 했었는지 떠올리면 돼.”

나는 곤란했다.

역시 미토 오빠는 답을 간단히 제시하지 않는다.

성격 참 나쁘다.

그래도 나는 미토 오빠를 싫어할 수 없다.

“모르겠어, 미토 오빠. 처음부터 생각하지 않았던 것 같아. 그냥 죽이기로 하고 아무 생각 없이 미토 오빠한테 전화한 것 같아. 나는 머리가 나쁘고 맹하니까.”

“너는 영리해, 히로.”

“아니야, 나는 바보야. 거짓말쟁이이고 선생님 말씀도 듣지 않고 분위기 파악도 못 해. 나를 이해한다고 믿었던 친구도 나를 단순히 바보 같은 짓을 하는 아이라고 여겼을 뿐이었어. 그 친구는 똑똑하니까 아마 나는 정말로 단순히 바보 같은 짓만 하는 아이인지도 몰라.”

미토 오빠는 내 말을 음미하는 것처럼 입을 다물었다.

미토 오빠가 입을 다물면 나는 불안해진다.

또 바보 같은 소리를 늘어놓아서 질리게 한 것만 같다.

“……히로가 스스로 바보라고 생각한다면, 정말로 그렇겠지.”

드디어 미토 오빠가 말했다.

“하지만 나는 너를 바보라고 생각하지 않아. 그러니까 나한테는 히로가 바보라는 말은 옳지 않아."

잘 모르겠다.

미토 오빠는 때때로 수수께끼 같은 말을 한다. 아니다, 때때로가 아니라 언제나 그랬다.

아빠도 엄마도 미토 오빠가 이야기를 시작하면 종종 곤란한 표정을 지었다. '또 시작했네.'라는 표정. 미토 오빠는 까다로운 이론을 펼쳐서, 아무도 이해하지 못하는 것을 실로 진실처럼 말할 때가 있다. 자주 있다.

나만이 미토 오빠의 말에 담긴 깊은 의미를 찾아내려고 차분히 생각했다. 좀처럼 답을 주지 않는 미토 오빠 때문에 애가 타지만 열심히 생각했다.

답을 찾으면 기쁘지만 "이게 정답이야?"라고 물어도 미토 오빠는 '글쎄다?'라는 표정을 지을 뿐이었다. 내가 찾아낸 대답이 정말로 미토 오빠의 생각과 같은지 확인할 방법은 없었다. 알려 주지 않으니까.

미토 오빠가 낸 수수께끼를 생각하는 것은 즐거웠다.

그래도 가끔은 알기 쉬운 답을 제시해 주면 좋겠다고 바랐다.

미토 오빠는 본인이 현명하다는 걸 잘 안다.

그렇다고 다른 사람까지 현명하다고 믿어 자기 수준으로 대화하는 것은 일종의 폭력이다.

미토 오빠는 못됐다고 생각했다. 정말로. 너무 잔혹하다.

나는 숨을 쉬었다.

한 번. 두 번. 세 번.

셈하지 않아도 된다. 사람은 살아 있는 한 계속 숨을 쉰다. 그런데 심호흡은 이상하게 셈하고 싶어진다. 살아 있다는 사실을 일부러 깨우치려고 하는 것 같다.

"나는 무슨 생각을 했을까. 스기모리 군을 어떻게 죽이려고 했을까……."

"나는 모르지."

"진짜로? 미토 오빠는 아는 거 아니야?"

그렇다면 알려 주면 좋겠어. 알려 줘.

그러나 미토 오빠는 웃었다.

"이거일까 싶은 건 있어. 하지만 그건 내 안의 히로가 할 말이어서 진짜 히로의 말과는 다를지도 몰라."

나는 멍해졌다.

또 미토 오빠의 수수께끼가 시작되었다.

"미토 오빠 안의 나?"

"응. 히로가 틀림없이 할 것 같은 말을 대신해서 하는 수수께끼의 환영. 내가 단 음식을 먹으면 '그러다 살쪄.'라고 말할 테고, 내가 복잡한 생각에 잠기면 '나도 알려 줘, 알려 줘.'라고 말해."

나는 얼굴을 찌푸렸다.

"미토 오빠, 혹시 환청이 들려?"

미토 오빠가 웃음을 터뜨렸다.

"그게 아니야. 들리는 것 같을 뿐이야. 만화에 종종 나오잖아.

뭔가 내키지 않거나 망설여질 때 끼어드는, 내 안의 천사와 악마와도 같은 존재. 그것의 리얼한 지인 버전. 히로 안에도 있지 않니? 틀림없이 내가 할 법한 말을 선수 쳐서 하는 내 분신 같은 존재가 있을 거야."

그런 식으로 생각한 적은 없었다.

그래도 듣고 보니 확실히…….

"……있을지도 모르겠다."

"응. 있어. 그래서 나는 히로를 잘 알고 있다고 여기지. 사실은, 진짜 히로는 전혀 다른 사람인데."

미토 오빠가 웃었다. 나도 왠지 모르게 기뻤다.

오빠 말대로 내 안에도 미토 오빠가 있다. 언제나 재미있는 말을 하고 질문을 던지고, 때때로 '잘 생각해 봐.'나 '정말 그거면 되겠어?'라고 나를 멈춰 세우는 미토 오빠가.

미토 오빠 안에도 내가 있다.

그 사실이 참을 수 없이 기뻤다.

"……알았어. 조금 생각해 볼게. 아, 그게 아니라 생각해 낼게."

미토 오빠가 웃었다.

"응, 힘내."

"나 낙담했었어. 이제 조금 기운이 났어. 고마워."

"그거 다행이네. 고맙긴 뭘."

미토 오빠가 잠깐 침묵했다가 활기찬 목소리로 말했다.

"전에도 말했지만. 누가 무슨 말을 하든 나는 언제나, 마지막까지 히로 편이니까."

내 입술 각도가 자연스레 올라갔다.

당연하지만 미토 오빠에게는 보이지 않는다. 전화니까.

그래도 괜찮았다.

설령 미토 오빠에게 보이지 않아도 나는 미토 오빠에게 웃었다.

"내가 스기모리 군을 죽인 죄로 소년원에 들어가도 미토 오빠는 면회 와 줄 거야?"

"가지. 편지도 쓸게."

그 말을 듣고 안심했다. 그렇다면 나는 마음 가는 대로 행동할 수 있다.

"끊을게, 미토 오빠. 또 전화할게."

"그래. 얘기해 줘서 고마워."

"미토 오빠도. 나랑 얘기해 줘서 고마워."

나는 전화를 끊고 스마트폰 화면을 응시했다.

라인 대화창을 열자 제일 위에 료코와 나눈 대화가 남아 있었다. '역에 도착했어'와 '기다리고 있을게'라는 의미를 담은 료코의 이모티콘으로 끝났다.

나는 몇 개쯤 아래로 밀려난 대화창을 눌렀다.

차단한 스기모리 군과의 라인.

차단했으니까 스기모리 군이 내게 보낸 메시지나 이모티콘은 오지 않았다. 스기모리 군의 스마트폰 대화창에는 보낸 것이 전부 읽히지 않은 채로 방치되었겠지. 그 아이가 보낸 것을 이제 아무도 볼 수 없다.

그래도 나는 손금 보듯이 훤히 알 수 있었다.

스기모리 군이 나에게 어떤 메시지를 보내려고 했는지. 어떤 이모티콘을 보내 내 관심을 끌려고 했는지. 자세한 것까지 전부 안다. 알 것 같다. 왜냐하면 친구였으니까. 전부 들어맞지는 않아도 어느 정도는 맞을 것이다.

내 안에도 스기모리 군의 분신이 있다.

살아 있다. 말을 건다. 내가 뭔가 할 때마다, 뭔가 생각할 때마다, 의견을 표명하는 스기모리 군이 있다. 불평하고 칭찬하고 격려하기도 한다.

지금까지 의식하지 않았는데 분명히 존재했다. 훨씬 예전부터.

미토 오빠가 자신 안에 있는 작은 내가 뭔가 할 때마다 어떤 반응을 할지 상상하는 것처럼.

스마트폰을 끄고 침대에 집어 던졌다.

벌러덩 드러누워 목각 인형을 바라보았다.

하나하나 이름이 있다. 그렇다면 개성도 있을지도 모른다. 야구 치 때문에 생각할 것이 또 늘었다. 괜한 짓을 하고 말이야.

큭큭, 웃음이 나왔다.

너희도 생각보다 시끄럽겠지.

스기모리 군을 죽이려는 이유 9 : 모르겠다.

그래도 어떻게든 죽이고 싶다.

뭐야. 대체 뭔데.

나는 대체 뭘 어쩌고 싶은 걸까.

10.

　나는 평소보다 30분 일찍 집을 나서서, 평소보다 두 대 빠른 시간의 전철을 탔다.

　그리고 평소와 같은 시간에 학교에 도착했다.

　왜지?

　이런 날이면 꼭 전철이 지연된다. 월요일 아침은 운행 시간이 잘 지켜지지 않는다. 그 이유를 생각하면, 스기모리 군 같은 사람이 나타났을까 쪽으로 생각이 자연스레 흘렀다.

　아니야. 그만두자.

　어쩌면 그냥 급한 환자일 수도 있다. 그러면 좋겠다. 아니, 급한 환자도 좋진 않은데. 하지만 적어도 살아 있을 가능성은 있다. 그렇다면 좋다.

천천히 복도를 걸었다. 내 자리는 교실 복도 쪽 앞에서 두 번째. 료코는 그 바로 앞이니까 복도에서 바로 보이는 위치였다.

예상대로 료코가 앉아 있었다. 아침답게 졸린 얼굴로 스마트폰을 멍하니 보고 있었다.

교실은 평소보다 사람이 적었다. 전철이 지연되어 다들 늦나 보다.

혹시 료코도 일찍 출발했나?

"……료코, 안녕."

"안녕."

료코는 아무 일도 없었다는 듯이 평소와 같은 표정으로 말했다.

반대로 나는 온몸을 세게 얻어맞은 것만 같은 기분이었다. 괴롭다. 이런 일이 없게 하려고 30분이나 일찍 집에서 나와 내가 먼저 교실에 도착해서 심호흡이라도 하면서 각오를 다지려고 했는데.

"료코, 저번에는……."

"응, 미안해. 생각이 좀 짧았어, 내가."

료코의 표정이 갑자기 진지해졌다.

너무 갑작스럽게 반응이 달라져서 철렁했다.

료코는 분명 나를 위해 아무 일도 없었다는 듯이 구는 것이다. 그런데 내가 분위기 파악도 못 하고 사과하니까 순간적으로 내 기분을 파악하고, 지난번의 무례함을 없었던 일로 하려고 했다. 자기가 잘못했다고 말해 내 마음을 가볍게 해 주려고 했다. 내가 벌인 기행이 별것 아니라는 듯이 행동했다.

어떡해.

료코, 너 왜 이렇게 좋은 사람이야.

"어이, 어이, 어이. 잠깐, 뭐야. 어. 너 울어?"

"……모르겠어."

눈물이 주르륵 흘러내렸다. 나도 기겁했다.

뭐야. 왜 이래. 나 대체 어떻게 된 거야.

스기모리 군이 죽은 뒤로 안드로이드처럼 눈물 한 방울도 흘리지 않았으면서. 일단 울 수 있게 되자 내 눈물샘은 나약한 송사리가 되었다. 어디를 찾아가야 고쳐 줄까. 아니, 어쩌면 눈물이 나는 것이 정상이 되었다는 증거일까?

료코는 허둥거리며 일어나 다른 아이들이 알아차리기 전에 나를 여자 화장실로 데리고 갔다. 1학년 교실이 늘어선 복도 쪽 화장실이 아니라 특별 교실 근처에 있는, 아침에는 사람이 거의 오지 않는 화장실이다. 아침부터 여학생이 울면 학년 전체에 소문이 퍼진다는 것을 료코는 잘 알고 있었다.

남을 잘 배려하는 료코에게 감동했다.

동시에 죄책감 때문에 머리가 터질 것만 같았다.

지금 나는 료코를 피폐하게 하는 것은 아닐까. 처음부터 끝까지 수발을 들게 하고 마음 쓰게 하며, 료코에게 과한 우정을 요구하는 것 아닐까.

"미안해, 료코."

"괜찮아, 뭐가 미안해. 아니 내가 진짜 미안, 너 괜찮니?"

괜찮지 않았다. 그래도 괜찮은 걸로 해 둘까.

료코가 있으면 금방 괜찮아질 테니까.

"료코, 저번에는 갑자기 소리 질러서 미안해. 온 지 얼마 되지도 않았는데 가라고 해서 미안해."

"아니야, 그건 괜찮은데……."

"괜찮지 않을 거야. 너 놀라서 도망쳤잖아. 그러니까 나는 사과해야만 합니다. 당신은 내 죄를 쉽게 용서하면 안 됩니다."

"왜 갑자기 존댓말인데?"

료코가 웃음을 터뜨렸다. 그러더니 "음, 하긴 그래." 하고 인정했다.

"맞아. 많이 놀랐어. 또 시간 낭비도 그런 시간 낭비가 없었지. 모처럼 아르바이트 쉬는 날인데 파르페도 못 먹고 내 휴일은 끝장났으니까."

그러더니 료코는 허리에 손을 대고 할리우드 여배우처럼 눈썹을 휙 추켜올렸다.

"자, 뒷수습을 어떻게 해 주시려고?"

"손가락 하나 자르는 정도로……."

"안 자르거든."

둘이 함께 깔깔 웃었다. 그때 마침 종이 울렸다. 나와 료코는 얼굴을 마주 보았다. 료코가 고개를 살짝 갸우뚱하며 말했다.

"만화를 읽다 보면 수업 땡땡이치는 장면, 자주 나오지?"

"나도 한 번쯤 해 보고 싶었어."

"오오, 이해가 빠른데."

"너야말로 이해력 진짜 최고야."

우리는 키득키득 웃었다. 그렇게 1교시를 땡땡이치기로 했다. 어차피 전철이 지연돼서 교실에 자리가 듬성듬성 비었다.

왠지 굉장히 즐거웠다.

하지 못했던 일 목록에 '수업 땡땡이치기'는 없었는데 긴급하게 넣기로 했다. 나는 지금 무지무지 료코와 함께 수업을 땡땡이치고 싶었다.

우리는 화장실 세면대에 엉덩이를 반쯤 걸치고 앉았다. 전철이 늦었는데도 포기하지 않고 1교시에 들어가려고 복도를 후다닥 뛰어가는 누군가의 발소리가 들렸다. 그 소리가 들리지 않게 된 뒤, 나는 띄엄띄엄 이야기를 시작했다. 스기모리 군이 나에게 어떤 아이였고 얼마나 귀찮게 굴었는지, 그리고 어떻게 죽었는지를.

료코는 처음부터 끝까지 묵묵히 들어주었다.

중간에 끼어들거나 꾸민 듯한 맞장구를 치거나 마음에도 없는 공감을 하지 않았다. 료코는 그저 묵묵히 내 말을 들어 주었다.

기뻤지만 두려워졌다.

나는 료코가 나의 정신 안정제가 되어 주길 바라지 않았다.

스기모리 군이 나를 자기의 정신 안정제로 쓰려고 했던 것처럼 하고 싶지 않았다.

"……그랬구나."

이야기가 거의 끝나자 료코가 그제야 입을 열었다. 그리고 나를 있는 힘껏 안았다.

눈물은 나오지 않았지만 괜히 얼굴을 훔치고 어깨를 움츠렸다.

"……그런 일이 있었습니다."

"전혀 몰랐어."

"응, 말 안 했어."

나는 히죽 웃었다. 료코는 안타까운 표정으로 나를 바라보았다.

과연, 이게 아주 일반적인 반응이겠다고 생각했다. 아빠나 노자키가 귀찮게 구는 게 아니라 아무래도 내가 이상한가 보다.

"……히로. 무슨 말을 하면 좋을지 모르겠어."

"응. 그렇지, 아무래도 무겁고."

나는 웃으며 대수롭지 않게 말했다.

료코는 왜 그렇게 태연자약하게 구냐고 나를 탓하지 않았다. 그것만으로도 생각보다 마음이 편해졌다.

"히로…… 왜 스기모리 군을 죽이고 싶어?"

"왜냐하면, 그러지 않으면 내가 무리여서."

"무리라는 게 어떤 점에서?"

"음, 그러니까……."

어쩌지. 잘 모르겠다.

이다음부터는 언어로 정제하지 못했다. 그저 내가 그래야 한다고 생각했을 뿐이다.

그래도 그래야 한다고 생각했으니 어떤 이유가 있을 것이다. 노력하면 언어화할 수 있는 이유가 있을 것이다. 그렇지만 노력할 필요가 애초에 있을까. 꼭 뭐든지 다 언어화해야 해?

"나, 잘못된 걸까?"

미토 오빠에게 물은 것과 같은 질문을 하고 말았다.

료코는 곰곰이 생각했고, 미토 오빠처럼 충분히 1분간 입을 다 물었다.

"……모르겠어."

료코는 내 손을 두 손으로 움켜쥐고 놓지 않았다.

나는 이상하게 마음이 놓여 료코에게 손을 맡겼다.

"선생님들도 알고 계셔?"

"음. 모르겠네. 부모님이 말했을 수도 있는데 딱히 무슨 말을 듣진 않았어. 아, 그래도 담임 선생님은 내가 수업 중에 만화책을 읽어도 그냥 두니까 역시 알고 계시지 않을까?"

어른들은 그런 면이 있다. 아이가 마음에 상처를 입었을 때면 조금 너그러워진다. 또 감기에 걸렸을 때도 굉장히 너그러워진다. 푸딩도 사 준다니까. 쉬운 사람들이다.

"그, 있잖아……. 중학생 때는 학교 상담사가 있었잖아."

"아. 있었어, 우리 학교에도."

내가 다닌 중학교는 매주 수요일에 학교 상담사가 왔었다. 나는 이용한 적 없는데 스기모리 군이 몇 번인가 만나러 갔다고 했다. 별로 좋은 선생님이 아니었는지 스기모리 군은 때마다 악담만 잔뜩 늘어놓았다. 도무지 자기편을 들어주지 않고 이상하게 쌀쌀맞다느니 이러쿵저러쿵.

하지만 그 문제에 관해서 나는 스기모리 군을 의심 어린 눈으로 바라보았다.

스기모리 군은 비판 없이 응석을 받아 주지 않으면 못된 사람이라고 여기는 면이 있었다. 불쌍하다고 동정하고 옆에 찰싹 달라붙고 그저 함께 울어 주는 사람을 원했다. 그러니 스기모리 군은 아마 상담사에게도 그렇게 해 주길 바랐을 것이다. 하지만 그렇게 해서는, 그 순간은 충족될지 모르나 근본적인 해결은 되지 않는다.

상담사는 마음의 의사 선생님 같은 존재이다. 다친 마음을 치료하는 것이 목적이다. 필요에 따라 달콤한 사탕을 줄 수 있어도 원래는 쓴 약을 주는 것이 의사의 역할이다.

스기모리 군에게 그런 사람은 모두 건조하고 쌀쌀맞은 사람으로 보였을 것이다. 원래는 전문가를 성실히 방문하며 적절한 조언을 받아야 했을 텐데.

그럼 나는 어떨까.

나에게도 상담사 선생님이 필요할까.

적어도 우리 고등학교에서는 학교 상담사의 존재를 들은 적 없다. 아마 학교에 따라 다른가 보다.

"나는 정신과나 심료내과*에 가는 편이 좋을까?"

"음, 글쎄다. 어쩜담. 잘 모르겠어."

● 정신과와 내과를 결합해 신경증이나 심신증 등을 치료하는 진료 과목. 일본에서 보편적으로 사용하는 진료과 이름이다.

료코는 솔직하다. '그런 거 필요 없어' 같은 무책임한 소리는 절대로 하지 않았다.

"정신과와 심료내과가 어떻게 다른지 알아?"

"전혀 몰라."

나는 웃었다. 응, 나도 전혀 몰라.

외국 영화나 드라마를 보면 쉽게 상담사와 만나러 가는 것 같다. 과거 트라우마를 말하거나, 해야 할 일을 적어 하나씩 해 보거나, 비슷한 의존증이 있는 사람들이 그룹으로 모여 한 명씩 자기 이야기를 하고.

그러나 일본에서는 이런 풍경이 흔치 않다. 일본 사람들은 왜 그럴까. 부끄러움을 많이 타서일까.

사실 나도 가야 할지 말아야 할지를 생각하면 조금 망설이게 된다.

누구나 마음 편하게 상담을 하러 갈 수 있으면 좋겠다. 복잡하게 생각하지 말고 훌쩍 갈 수 있다면. 그러면 스기모리 군 같은 사람이 줄어들지 않을까.

"그때 내가 말렸으면 좋았을 텐데."

"그건 아니야."

료코의 대답은 빨랐다. '그때'가 언제 어떤 일을 의미하는지 말하지 않았는데 순간적으로 이해했다. 참고로 '그때'란 스기모리 군이 내게 자해 시도를 한 사진을 보냈을 때다.

만약 내가 스기모리 군을 버리지 않았다면 스기모리 군은 아직 살아 있지 않을까.

"음. 이건 만화를 보고 얻은 지식인데."

료코가 완벽한 표현을 찾는지 단어를 고르며 말했다.

"자해하는 사람은 죽으려고 하는 게 아니래. 그야 그렇지, 손목을 긋는 정도로 사람은 죽지 않아. 그건 손목을 긋는 본인도 잘 알고 있어. 자해하는 사람은 죽으려는 게 아니라 살아남기 위해서 긋는 거래."

나는 "흐음." 하고 반응했다. 내 대답이 너무 김빠지게 들렸는지 료코가 "진짜라니까."라고 조금 안달복달하며 나를 째려보았다.

"죽고 싶은 마음이 들거나 반대로 분노가 치밀어 남을 해치고 싶어질 때, 자기를 억제하기 위해 하는 거래. 그렇게 해서 안정을 찾는 거야. 그러니까 자해는 그 사람에게 필요한 행위야. 살아남으려면 필요하니까 그 수단을 빼앗으면 안 돼."

료코가 내 팔을 품에 꼭 안았다.

"그러니까 히로가 말리지 않은 건 잘한 거야. 정말이야. 너는 잘못하지 않았어."

그럴까. 료코의 말이 정말로 옳을까. 단순히 나에게 힘을 주려고 아무렇게나 말하는 것 아닐까? 대충 그럴싸한 말을 멋지게 하는 드라마 대사처럼.

나는 료코를 봤다.

료코는 나를 걱정한다. 아마 내가 처음으로 고민을 털어놓고 처음으로 도움을 청했으니까. 만약 내가 매일같이 고민을 털어놓고 매일 같이 도와달라고 하면 료코는 분명 피폐해지겠지.

그렇게 되지 않게 조심하고 싶었다.

그래도 조금은 내 이야기도 들어 주면 좋겠다.

조금이라도 좋으니까.

"료코, 시오노랑 무슨 일 있었어?"

계속 궁금했던 것을 말하자 의외로 마음이 편해졌다.

눈치를 살피지 않고 하고 싶은 말을 한다. 나의 하지 못했던 일 목록 중 하나다.

료코는 살짝 얼굴을 찌푸렸지만 스기모리 군 이야기를 들었기 때문에 등가 교환을 해야 한다고 생각했나 보다. 한 번 크게 한숨을 쉬더니 입을 뗐다.

"친구였어. 중학생 때. 매일 오타쿠 토크 얘기로 신났었지. 우리 비엘러였거든."

"엥?"

놀랐다.

료코가 비엘러라는 것은 그렇게까지 의외는 아니었다. 료코는 워낙 어휘가 풍부해서 뭔가 덕질을 할지도 모른다고 짐작했다. 그 래도 설마 시오노까지 오타쿠였을 줄이야. 그 패션 리더가. 전혀 그런 티가 나지 않았다.

"진짜야?"

"진짜."

료코는 자포자기한 것처럼 씩 웃었다. 나는 놀라서 눈을 깜박거렸다. "그럼 왜……"라고 묻자 료코가 말을 이었다.

"개랑 사이가 좋지 않냐고? 왜냐하면 개가 날 피하거든. 아니, 대놓고 말하더라. 골든 위크 때. '앞으로는 생판 남으로 잘 부탁합니다.'라고. 나랑 있으면 촌티를 벗지 못하겠나 봐."

료코가 한숨을 쉬고 잔뜩 얼굴을 찌푸렸다.

"대체 무슨 헛소리인가 싶지 않니? 진짜 웃기고 앉았어."

료코는 턱을 쳐들고 바다에 대고 소리치듯이 말했다.

"요즘 세상에 고등학생이 되었다고 이미지 체인지라니, 촌스럽다고!"

"료코, 쉿."

"아, 큰일이다. 수업 중이었지."

우리는 키득키득 웃었다. 작은 목소리로.

"그래도 걔를 방해하는 건 못 하겠더라, 나는. 착하다니까. 오타쿠인 걸 숨기지 않아도 반짝반짝 빛나는 멋진 여자가 될 수 있다고 솔직히 생각하지만, 본인의 희망이라면 응원해 주지 않으면 좀 불쌍하잖아? 안 그래도 엄청나게 노력하는 걸 알고 있으니까."

나는 고개를 끄덕였다.

그 말대로 시오노는 반짝반짝 빛이 났다. 어지간한 노력으로 여자는 반짝이지 못한다. 게으름을 피웠다가 포동포동 살찌는 것도 금방이고, 소품으로 꾸미지 않고 지정된 교복을 그대로 입는 것이 훨씬 편하다. 화장도 안 하는 편이 제일 시간도 적게 들고 돈도 아낄 수 있다.

시오노는 유혹이 큰 편한 길이 아니라 부단한 노력이 필요한 아름다움의 길을 선택했다. 그것도 다른 반짝이는 여자들이 한 수 접을 정도의 높은 수준으로.

그건 아주 대단한 일이었다. 존경할 만했다.

"료코는 발목을 잡으려고 하지 않았구나."

"응, 뭐 그렇지. 그렇게 된 거야."

"나는 네 그런 면이 좋더라."

"오? 사랑 고백이야?"

료코가 킥킥 웃었다. 나도 환하게 웃었다.

"아니야. 나는 좋아하는 사람 있어."

"뭣이? 어라, 누구야. 야구치?"

"왜 야구치야? 아니야. 너는 모르는 사람."

"누구야, 누구야? 중학교 친구? 노자키?"

"그러니까 모르는 사람이라고. 내 말 좀 들어."

나는 "그런 것보다." 하고 화제를 돌려 료코의 손을 움켜쥐었다.

"료코, 시오노랑 다시 친구 사이가 되고 싶어?"

료코는 잠깐 입을 다물었다. 그리고 고개를 저었다.

"사람은 변하는 법이야. 히로."

쓸쓸하게 웃으며 말했다.

"아무리 친했던 친구여도. 해도 되는 말과 안 되는 말이 있고. 그런 소리를 여러 번 들으면 열받아. 그러면 다시는 이전처럼 친한 사이로 돌아갈 수 없어."

"그래도, 그래도."

나는 말했다. 어떻게든 해 주고 싶어서.

"그런 건 대화하면 해결되기도 하잖아. 어떤 계기가 있으면……."

"으음. 글쎄다. 이건 그런 것과는 좀 다른 얘기 같아."

료코는 화장실 바닥 타일을 노려보며 말했다.

"싸우거나 오해해서 사이가 나빠졌다면 어떤 계기로 화해할 수 있을지도 모르지. 하지만 친구 관계가 끝나게 될 때는 그런 게 아닌 것 같아. 매일매일 쌓인다고 해야 하나. 점점 둘 사이의 공통 화제가 사라지거나, 같이 있어도 신나지 않거나, 상대방의 말이 일일이 거슬려서 내 안에 품은 상대방 이미지와 현실이 점점 멀어져서…… 어쩔 수 없이 상대방의 일거수일투족이 눈에 거슬리게 돼. 뭔가 할 때마다 이번에는 또 뭐 하자는 건가 싶어 신경이 예민해져. 그러면 상대방도 그걸 알아차려. 아, 지금 쟤가 나를 싫어하네, 지금 내가 한 말에 화가 났겠네, 하고 알게 돼. 그러면 같이 있는 게 서로 힘들어져. 그런 상황에서 이제 말 걸지 말라는 소리를 듣게 되면, 그건 이미 친구 종료라는 신호야. 이제는 마침표가 찍혔다는 거지."

나는 료코의 손을 더 힘껏 움켜쥐었다.

처음에는 료코가 내 손을 움켜쥐었는데 지금은 내가 움켜쥐고 있었다.

"내 안에 품은 상대방 이미지."

나는 료코가 한 말을 반복했다.

그건 미토 오빠에게 들은 수수께끼의 환영과 비슷했다.

아니다. 그것과 이것은 같은 것이다. 분명하다.

료코의 마음속에도 작은 시오노가 있다. 료코가 이렇게 말하면 저렇게 말하고, 저렇게 말하면 이렇게 받아치는, 마음속의 작은 시오노가.

료코 안의 작은 시오노는 아마 지금도 료코와 친한 비엘러 시오노겠지. 교실에서 하 행 여학생들과 왁자지껄 웃는 시오노와는 이미 별개의 사람.

다른 사람이어도 분명 둘 다 시오노이다.

1교시가 끝났음을 알리는 종이 울렸다.

료코가 일어나 길게 기지개를 켰다.

"우리 2교시부터 들어갈까?"

"저기, 료코. 오늘 방과 후에 시간 있어?"

"동아리 활동 있는데. 왜?"

나는 진지하게 말했다.

"아직 우리 집에 파르페 재료가 남아 있습니다. 이제 동아리를 땡땡이칠 마음 한 스푼을."

료코가 히죽 웃었다. 그리고 우후후, 하고 입에 두 손을 대고 웃었다.

"그렇다면 그때 히로의 사랑 이야기라도 들어 보도록 할까요."

"말 안 할 건데?"

"튕기기는."

"말 안 할 건데요?"

우리는 깔깔 웃으며 손을 잡고 교실로 돌아갔다.

스기모리 군을 죽이려는 이유 10 : 스기모리 군은 나를 힘들게 한다.

나는 료코의 말을 의심했다. 스기모리 군이 사진을 보낸 '그때', 자해를 말리지 않은 것을 '올바른 일'이라고 한 것을.

나는 정말 옳았을까. 말리는 것 이외에 할 수 있는 일이 있지 않았을까. 예를 들어 화를 낸다거나, 울어서 동정심을 끌어낸다거나, 부모님께 말씀드려 병원에 보낸다거나.

조사해 보니 내가 즉석에서 떠올린 대처법이 전부 틀렸다는 것을 알 수 있었다.

그리고 료코가 옳다는 것도 알았다.

다만 딱 하나는 료코도 틀렸다.

요즘 세상은 편리해졌다. 아빠의 어린 시절과는 다르다. 뭔가 궁금하면 뭐든지 스마트폰으로 검색할 수 있다. 정신과인지 심료내과인지 하는 의사 선생님이 블로그에서 설명해 준다.

나는 두려움에 떨며 검색했다. 단어 나열이 불길하다고 파악했는지 검색 결과 제일 위에 후생노동성* 상담 전화 번호가 나타났

---

* 우리나라의 보건복지부와 고용노동부 역할을 하는 일본의 행정 조직.

다. 순간 놀랐지만 스크롤을 아래로 내리자 알고 싶은 정보가 보였다.

친구가 자기 손목을 그을 때 가장 하면 안 되는 일은 감정적인 반응이었다. 화를 내거나 과도하게 걱정하거나 울부짖거나 무서워하면 안 된다. 그런 반응은 모두 자해한 본인을 놀라게 하고 죄책감을 부추길 뿐이다.

제일 좋은 것은 외과 의사 같은 태도.

아, 다쳤구나. 지혈하고 소독하자. 그런데 왜 상처를 냈어?

이런 식으로 차분하고 담담하게 상황을 파악하면 된다. 무슨 일이 있어도 자해하는 것 자체를 막으려고 하면 안 된다. '앞으로는 이러면 안 돼' 같은 무의미한 약속을 하게 해도 안 된다. '그만두는 게 좋겠는데' 하고 장난스럽게 말해도 안 된다.

자해는 본인의 괴로운 현실에서 시선을 돌리기 위한 연명 장치에 불과하다. 그러니 거창하게 받아들여 무슨 일이 있어도 그만두게 할 필요성은 전혀 없다.

그러나 반복해서 스스로 상처를 내다가 점점 강도가 높아질 가능성이 있다. 감정이 차분해지는 효과는 점점 약해지는 반면에 현실은 점점 괴로워져서 결국 정말로 죽음을 선택하는 사람도 있다. 스기모리 군처럼.

그러니 자해를 막으면 안 되지만 그냥 두는 것도 좋지 않다.

자해를 통해 '유예 시간'을 확보하는 동안 마음의 상처를 치료할 방법을 찾는다. 이것이 올바른 '대응'이다.

료코는 내게 "너는 잘못하지 않았어."라고 말했다.

그러나 이건 옳지 않았다.

나는 그때 못 본 척했다. 라인을 차단하고 스기모리 군에게서 멀어졌다.

그건 명백한 '감정적 대응'이었다. 좋지 않았다.

나는 그저 차분하게 그 아이의 말을 들어 주기만 하면 됐는데. "널 걱정해."라고 말해 주기만 하면 됐는데. 내내 그럴 수는 없어도 가끔은 곁에 있어 주기만 하면 됐는데.

그때 나는 올바른 대처법을 몰랐다. 검색하면 이렇게 금방 알아낼 수 있는데, 왜 바로 알아보지 않았을까. 지금처럼 엄지 하나만 움직이면 금방 알 수 있었다. 식은 죽 먹기처럼 간단히.

스기모리 군은 항상 나를 견딜 수 없는 죄책감에 시달리게 만든다.

언제까지나 나를 고민하고 힘들게 한다.

정말 너무하다.

11.

햇빛이 점점 쨍해져서 여름이 가까워지는 것을 느꼈다.

아니, 이제 거의 여름이다. 장마철은 어디로 사라졌담. 좀 더 내려라, 비야. 진심으로 내리라고.

미술실에 틀어박혀 시원한 냉방 아래서 서걱서걱 나무를 깎았다.

최근 나는 목각 인형을 더 잘 만들고 싶었다. 최소한 인형들에게 코는 만들어 주고 싶었다. 그럴 때 입을 여는 것은 내 안의 작은 스기모리 군이다.

스기모리 군은 중학교 2학년 때까지 지우개 도장을 잘 만들었다. 크고 네모난 지우개를 대량으로 사서 그림 그리기 좋아하는 내 옆에 앉아 항상 커터 칼을 움직였다. 사인 대신으로 쓸 도장이

나 라인 이모티콘 같은 재미있는 그림을 새긴 도장을 만들어 내게
보여 줬던 기억이 있다. 그중 몇 개는 내게 주기도 했는데 지금도
내 서랍 안에 들어 있다.

그래서일까.

작은 스기모리 군은 목각 인형을 만드는 내게 시끄럽게 말을
걸었다.

내가 '이 정도 하면 괜찮겠지.'라고 생각하면 곧바로 "조금 더
모서리를 둥글게 하지?"라고 말을 걸었다. '남은 건 줄칼로 마무리
하자.'라고 생각하면 곧바로 "게으름 피우면 안 돼, 유아. 조금 더
해."라고 말을 걸었다.

물론 정말로 목소리가 들리는 것은 아니었다. 환청과는 조금 다
르다.

그래도 작은 스기모리 군은 아주 시끄러웠다.

나는 대부분 스기모리 군의 말에 져서 시키는 대로 하게 된다.
이쯤에서 그만하려던 것을 조금 더 하고, 이 정도면 된다고 생각
했는데 더욱 정성을 기울이고.

하여간 귀찮다.

스기모리 군 때문에 완전히 목각 인형 기술자처럼 되고 말았다.

"오, 아주 좋구나, 히로세."

어느새 할아버지 선생님이 등 뒤에 와서 내 목각 인형을 칭찬
했다.

할아버지 선생님은 언제나 명랑하고 말이 잘 통하는 사람이지

만 의외로 입에 발린 칭찬은 하지 않았다. 그러니 선생님이 칭찬했다면 내 실력이 정말 좋아진 것이어서 기뻤다.

"고맙습니다. 대단하죠? 열심히 했어요."

"그래. 예전부터 조금 신경 쓰였어. 히로세는 마무리할 때가 되면 날림으로 하는 버릇이 있어서. 하면 되잖니. 그 상태로 하면 실력이 더 늘 거다."

나는 뺨을 빵빵하게 부풀렸다. 불만스럽다는 의사 표시였다.

뭐, 스기모리 군 덕분에 칭찬받았으니 솔직하게 받아들이기로 할까.

스기모리 군은 잘 웃는 아이였다.

초등학생 때, 스기모리 군 덕에 많이 웃었다.

그 아이는 자주 농담을 하고 성대모사를 하고 즉흥적으로 뮤지컬처럼 노래를 부르곤 했는데, 자기가 웃는 것도 좋아하고 남을 웃기는 것도 좋아했다.

"어디 보자, 그 자태는 나의 친구 히로세 유아가 아니던가?"

아침에 학교에 가려고 집을 나서면 분홍색 책가방을 멘 스기모리 군이 이런 식으로 말을 걸었다. 우리는 가까이 살아서 약속하지 않아도 같이 학교에 갈 때가 많았다. 초등학생 시절의 스기모리 군은 아침 일찍 일어났다.

스기모리 군의 분홍색 책가방은 스기모리 군이 직접 고른 것이었다.

스기모리 군은 분홍색을 좋아했다. 딱 봐도 여성적인 느낌의 하늘하늘한 원피스도 좋아했다. 스기모리 군의 엄마는 보이시한 옷을 입히고 싶어 했던 것 같은데, 스기모리 군은 언제나 공주님 같은 차림을 원했다. 옷차림은 공주님 같은데 장난칠 때면 옛 시절 장수 같은 말투를 썼다.

스기모리 군은 자신의 이런 점을 활용해 웃기는 실력이 뛰어났다.

"오오, 이거야 원, 모모카 님. 좋은 아침입니다."

내가 장난스럽게 대답하면 스기모리 군은 "선처하지."라며 넉살 좋게 대답했다.

"그럼 학교에 가실까요?"

"좋구나."

학교 가는 길에 길가의 풀을 뜯어 표창 던지기 놀이를 하고, 숙제가 어려웠다는 노래를 즉흥으로 불러 하모니를 만들고. 장난을 치느라 학교에 자주 지각해 매번 담임 선생님에게 나란히 혼나기도 했다.

그때 우리는 어른에게 혼나도 전혀 무서워하지 않았다.

매일 정말정말 즐거웠으니까.

나는 아마 아빠가 이혼하고 외톨이라 쓸쓸했으니까 정서적으로 불안정한 아이였을 것이다. 지금은 이해가 잘 안 되는데 그때 나는 거짓말쟁이였다.

그런데 스기모리 군은 내 거짓말을 전부 재미있는 이야기로 바꿔 버렸다.

우리 집이 어마어마한 부자라고 교실에서 떠벌리자, 스기모리 군이 진지한 표정으로 말했다.

"정말이야, 유아네 집은 대단해. 부지가 한눈에 보이지 않을 정도로 넓어서 문부터 현관까지 버스를 타고 가야 해. 그런데 버스가 한 시간에 한 대뿐인 데다가 운전기사가 시간을 엄수해서 1분이라도 늦으면 한 시간을 기다려야 해. 그래서 우리가 자주 지각하는 거야."

우리 엄마가 어느 섬나라의 공주님이라고 말하자, 스기모리 군은 이런 말을 추가했다.

"당연하지. 여자아이는 모두 공주님이니까. 아, 나는 100송이 꽃*이 흐드러지게 핀 나라의 공주님이니까 그 점 유념해 둬."

진지한 내 거짓말을 스기모리 군이 훨씬 크게 부풀려서 말하니까 다들 내가 농담했을 뿐이라고 여기고 웃어넘겼다.

나는 불만이었다. 농담으로 여기지 말고 정말로 내 거짓말을 믿어 주길 바랐다. 그래도 지금 생각해 보면 그때 스기모리 군이 나를 지켜 주었던 것이다.

초등학교 3학년 때, 아빠는 엄마와 재혼했다. 그리고 미토 오빠가 내 오빠가 되었다.

미토 오빠는 당시 중학교 2학년이었다. 역시 지금 생각해 보면 잘도 비뚤어지지 않았다 싶어 감탄스럽다. 중학교 2학년은 사춘

● 스기모리 군의 이름 모모카(白花)가 백 송이 꽃이라는 뜻이다.

기다. 부모님이 이혼하거나 재혼하면 크게 비뚤어질 ‘시기.’ 고등학생이 되고 보니 이제 나도 대충 알 것 같다.

미토 오빠는 비뚤어지지 않았다. 비뚤어지기는커녕 스기모리 군과 나와 함께 놀아 주기도 했다. 물론 그렇게 자주는 아니다. 미토 오빠는 어른이고 우리는 어린아이였으니까. 뭐, 그것도 지금 생각하면 진실은 아니지만. 중학교 2학년은 하나도 어른이 아니다.

그러나 초등학교 3학년에게 중학교 2학년은 엄청난 어른이었다. 그뿐만 아니라 미토 오빠라는 사람 자체가 매우 어른스러웠다는 점도 말해 두고 싶다.

자주 부모님이 할 말을 잃을 정도로 깜짝 놀랄 만한 말을 내뱉는 미토 오빠는 언제나 내 동경의 대상이었다. 초등학교 1학년 때 처음 만난 후부터 계속 내 동경의 대상이었다.

부모님이 자주 만나게 하고 미토 오빠도 나를 마음에 들어 한 후로는 정말로 위험했다.

나는 미토 오빠를 언제나 동경했다. 조금 이상할 정도로.

그래서 스기모리 군이 “아쉽게 됐다, 유아.”라고 말했을 때는 무슨 소리인지 몰랐다.

나는 들떴다. 미토 오빠가 우리 집에 이사를 오니까. 이제 매일 함께 있을 수 있다고 생각했으니까. 나는 너무 어렸다. 아무것도 몰랐다.

그런데 언제나 내 곁에서 내가 말하는 미토 오빠 이야기를 들었던 스기모리 군은 진심으로 나에게 “아쉽게 됐다.”라고 말했다.

"부모님이 재혼하시면 유아랑 미토 오빠는 남매가 되는 거잖아? 그러면 이제 미토 오빠랑은 절대 결혼하지 못해."

놀랐다.

정말로 깜짝 놀랐다.

그렇게.

그렇게 충격을 받은 적이 없다.

나는 울고 울고 또 울었다.

스기모리 군은 나를 위로했다. 불쌍하다며 나를 꼭 안아 주고, 나와 영원히 친구로 지내겠다고 행동으로 보여 주었다. 실연했어도 여전히 미토 오빠를 좋아하는 나를 옆에서 지켜봐 주었다.

스기모리 군은 절대로 그런 건 이상하다거나 포기하라는 말을 하지 않았다. 그렇다고 무책임하게 내 사랑을 응원하지도 않았다.

스기모리 군은 예전부터 섬세했다. 마음이 약했다.

그러니 스기모리 군이 마음 약한 사람의 기분을 잘 이해하는 건 당연했다.

섬세해서 무너질 것 같은 사람을 누구보다 먼저 알아차리고 마음을 쓸 줄 아는 아이였다.

미술 만들기 시간에 실수로 내 저금통을 부쉈을 때는 나보다 더 슬퍼하며 진심 어린 사과를 했다. 괜찮다고 말했는데도 몇 번이고 사과했다.

과학 실험에서 물고기를 해부할 때, 사이코패스라고 농담하면서도 자기는 도저히 물고기를 해부하지 못하겠다고 사과하고 대신 해부해 준 내게 고맙다고 했다. 그러면서 자기를 위선자라고 표현해서, 나는 웃으며 그럴지도 모른다고 장난스레 대꾸했다.

하지만 스기모리 군은 위선자가 아니다. 나는 잘 알고 있다.

스기모리 군은 마음 본성이 너무도 다정했을 뿐이다.

중학생이 되어 같은 반이 되었을 때, 우리는 손을 맞잡고 기뻐했다.

스기모리 군과 같이 있어서 기뻤다.

스기모리 군을 아주 많이 좋아했다.

존경했다.

대단하다고 생각했다.

지금도 다정한 면에 한해서는 스기모리 군을 믿는다.

싫은 면도, 좋아할 수 없는 면도, 지긋지긋한 면도 넘치도록 잔뜩 있지만.

그것과 동시에 나는 누구보다도 스기모리 군을 신뢰했다.

스기모리 군을 죽이려는 이유 11 : 스기모리 군은 너무 다정하다.

그러니까 다른 사람에게 당하기 전에 내가 해야 한다.

스기모리 군은 다정하니까 살인 같은 걸 하면 안 된다.

스기모리 군이 자신을 살해하게 두고 싶지 않다.

12.

“야구치랑 대화를 나눴습니다.”

기말고사가 끝나고 여름 방학을 며칠 앞둔 아침, 교실로 들어와 내 자리에 가방을 내려놓는데 앞에 앉은 료코가 이렇게 말을 꺼내서 나는 고개를 갸우뚱했다.

“네?”

“8월 3일에 불꽃 축제가 있는 것을 아시는지요.”

“아니, 전혀.”

“역 앞 기념 공원에서 불꽃 축제가 열립니다. 거기에 가게 되었습니다. 나와 히로, 야구치, 그리고 노자키 네 사람이 갑니다.”

나는 눈을 깜박였다.

어째서인지 내가 포함되어 있다. 게다가 노자키는 또 왜?

"어? 잠깐만 료코, 노자키 얘기 진심이었어? 야구치에게 만나게 해 달라고 부탁할 정도로 진심이었어?"

"시끄러워. 아무튼 그날 비워 둬!"

나는 멍하니 입을 벌렸다. 진심?

개인적으로 불꽃 축제에는 전혀 흥미가 없었다. 한번도 불꽃놀이를 보고 기뻤거나 즐거웠던 적이 없다. 여름밤에는 집에서 영화를 보는 것이 제일 시원하고 쾌적하다.

그래도 경애하는 료코의 제안이니 거절할 수는 없었다.

게다가 놀이공원 멤버로 간다면 조금 즐거울 것 같았다. 놀이공원 때 참 재미있었다. 그때처럼 즐겁게 놀 수 있다면 제법 끌렸다.

문득 시선을 돌려 교실 뒤쪽을 무심히 봤다가 시오노와 눈이 마주쳤다.

시오노는 홱 고개를 돌리더니 아무 일도 없었다는 듯이 후쿠모토와 웃었다. 우리가 어쩌거나 말거나 전혀 신경 쓰지 않는다는 듯이.

사실 나는 그 일이 있고 나서 료코에게는 비밀로 하고 야구치에게 캐물었다. 료코와 시오노가 얼마나 사이가 좋았느냐고.

이동 수업 교실로 가느라 교실이 술렁거리는 타이밍에 야구치에게 물었다. 야구치는 주변을 흘끔거리며 료코와 시오노, 시오노와 사이좋은 하 행 여학생들이 가까이에 없는지 확인한 뒤 "중학생 때는 짜증 날 정도로 사이좋았어."라고 말했다.

"무슨 뜻이야?"

"남자들이 장난으로 엉겨서 어울려 놀면, 그때마다 깍깍거리며 좋아하고."

"아. 응. 그렇구나."

중학생 비엘러 그 자체인 느낌이다.

"뭐 지금은 아닌 것 같지만. 그냥 모르는 척 두지 그래?"

야구치가 그 이상은 별로 말하고 싶지 않은 듯해서 나도 더는 캐묻지 않기로 했다. 본인이 없는 곳에서 뒷이야기를 하는 것은 그다지 기분 좋지 않다. 뜬소문이나 험담이 되기 쉬우니까. 물론 당사자가 죽은 경우라면 그 본인 앞에서 말하는 것이 불가능하겠지만.

아무튼 야구치는, 료코와 시오노의 결별 문제를 절대 건드리지 않을 생각인가 보다. 두 사람이 막 결별했을 때는 상황을 잘 파악하지 못해 무심코 위험한 발언을 한 적도 있나 본데, 이제는 실수로라도 건드리지 않겠다고 정한 것 같았다.

야구치도 참 대단하다 싶었다.

그렇다면 나도 야구치를 본받아야겠다.

왜냐하면 나는 료코와 오래오래 친구로 지내고 싶으니까.

그래서 나는 시오노를 무시하고 료코의 불꽃 축제에 가자는 제안을 받아들였다.

료코는 히히 웃으며 "오케이, 그럼 나중에 그룹 채팅방 만들어 초대할게."라는 말을 남기고 몸을 앞으로 돌렸다.

우아. 정말 불꽃 축제를 보러 가게 됐다.

뭐, 괜찮다.

재미있을 것 같고.

나는 평소처럼 가방에서 조각 세트를 꺼내 신문지를 깔고, 조각 칼을 책상 위에 주르륵 늘어놓은 뒤 작업 중인 인형을 서걱서걱 깎았다.

이제 내 조각칼은 총 네 개가 되었다. 조각을 많이 하다 보니 점점 납작한 것이나 가는 것도 갖고 싶어져 할아버지 선생님에게 받기도 하고 사기도 하다 보니 늘었다. 넷은 불길하니까 앞으로 한 개 더 사고 싶었다. 다섯은 운이 좋아 보인다. 왠지 모르게.

야구치가 옆 반 남자와 떠들며 교실에 들어왔다. 나를 보더니 평소처럼 웃었다.

"안녕. 여전히 만드는 중이네."

"황공합니다."

"시험도 끝났으니까 다음에 내 것도 만들어 줘."

"싫어."

"으악, 충격."

서걱서걱.

료코가 힐끔 돌아보고 "만들어 줘라."라고 어이없다는 듯이 웃었다.

"나는 만들어 줬잖아, 까만 돼지."

"그건 료코니까 그렇지. 료코는 네이밍 센스가 있거든요."

"나도 열심히 지었는데!"

"뭐든지 결과가 따라오지 않으면 안 되는 법입니다."

“너무해.”

야구치가 장난스레 웃었다.

나는 살짝 웃으며 어깨를 으쓱인 뒤, 다시 서걱서걱 나무를 깎았다.

뭐, 만들어 줘도 괜찮을지도. 야구치를 본받을 생각이니까.

스기모리 군을 죽이려는 이유 12 : 약속했으니까.

스기모리 군은 마음의 병에 걸렸다. 정확한 원인은 모르겠다. 몇 가지 가능성은 생각할 수 있다.

스기모리 군은 자기 부모님 앞에서 ‘착한 딸’을 완벽하게 연기했다. 친구 앞에서도 다정한 아이였다. 선생님 앞에서는 우등생처럼 행동했다. 항상 밝고 즐겁게, 모두에게 사랑받는 사람으로 있으려고 했다. 그것이 스기모리 군에게는 부자연스럽고 괴로운 일이지 않았을까.

그런데 중학교에 입학한 뒤로 스기모리 군은 자기 이미지를 유지하지 못했다.

스기모리 군은 새로운 친구를 사귀지 못했다.

동아리에 들어가지 않은 탓에 고립됐다. 매일 똑같은 교복을 입어야 하는 것, 시험에서 좋은 성적을 받지 못하는 것, 스기모리 군을 뒤에서 비웃는 아이들이 드문드문 있는 것, 이런 것들이 조금씩 그 아이의 마음을 좀먹었다. 학교 밖에서도 잘 풀리지 않는 일이 많았는지 나에게 구시렁구시렁 부모와 친척의 악담을 늘어놓는 일이 많아졌다.

그리고 결정적인 사건이 벌어졌다.

스기모리 군이 거짓말쟁이였던 내 과거를 중학교 반 친구들에게 떠벌렸을 때, 스기모리 군은 나라는 아군까지 잃었다.

어느 날, 미술부 활동을 마치고 집에 왔더니 내 방에 스기모리 군이 있었다.

스기모리 군을 마음대로 내 방에 들인 엄마에게 화가 났다. 나는 스기모리 군과 달리 새로 친구를 사귀는 데 성공했기에 언제까지나 초등학생 기분으로 현재 상태에 불만만 늘어놓는 스기모리 군이 지긋지긋했다. 오래된 관계를 끊어 내고 새로운 친구 관계를 쌓고 싶은 마음이 강했다.

스기모리 군은 침대에 앉지 않고 바닥에 앉아서 나를 기다리고 있었다. 그렇게 나와 마주하자, 꾸벅 고개를 숙이며 봉투에 담긴 편지를 두 손으로 내밀었다.

스기모리 군과는 오랫동안 편지 교환을 했다. 교환 일기도 몇 권이나 썼다. 그러나 중학생이 된 후로는 한 번도 편지를 교환하지 않았다. 나는 마음이 내키지 않았으나 편지를 받아, 스기모리 군이 보는 앞에서 읽었다. 스기모리 군은 눈물을 꾹 참는 듯했지만 금세 코를 훌쩍였다. 나는 스기모리 군이 일부러 우는 시늉을 하는 것 같아 짜증이 치밀었다.

편지에는 정중한 말투로 사과와 감사하는 마음이 적혀 있었다.

감사였다. 나를 향한 원망이 아니라 감사.

"지금까지 친구로 지내 줘서 고마워. 정말 기뻤어. 영원히 친구로 지내고 싶지만, 만약 유아가 나와 있기 싫다면 어쩔 수 없지. 안녕."이라고.

뭐라 말하기 어려운 감정을 느꼈다. 그때 처음으로 나는 한 친구를 잃어 간다는 것을 알았다. 유일한 절친을 잃어 간다는 것을 깨달았다.

왠지 눈물이 나서 나는 침대에 앉아 한참 울고 말았다. 엄마가 1층에서 스기모리 군에게 말을 거는 소리가 들렸다. 저녁 먹을 시간이니까 슬슬 집에 가라고 말하는 소리가 들렸다.

"왜 이렇게 슬픈 편지를 썼어. 이건 유언이잖아."

울음을 그친 나는 스기모리 군에게 불평했다. 스기모리 군은 아주 조심스럽게 코를 훌쩍이며 미안하다고 사과했다.

"요즘 가끔 유서를 써. 나는 절찬리 중2병 중이거든."

나는 웃었다. 그때는 아직 웃을 수 있었다.

"죽지 마, 모모카. 나를 혼자 남겨 두면 용서하지 않을 거야."

"용서하지 않으면 어떻게 하려고?"

"모모카가 죽으면 죽이러 갈 거야. 진심이야."

"뭐야, 그게 어떻게 하려고."

"그건 나도 모르지만."

우리는 깔깔 웃었다.

정말, 어쩌려고 그랬지.

13.

여름 방학이 시작되었다.

종종 여름 방학 숙제를 매일 착실하게 하는가, 아니면 마지막 일주일에 허겁지겁하는가를 두고 논쟁이 벌어진다. 어떤 사람이 성실한지 불성실한지 따지는 지표 중 하나로 여겨지는 논제이니까.

나는 둘 다 아니었다. 여름 방학 숙제는 첫 일주일 안에 해결한다. 그리고 남은 방학 내내 마음껏 논다. 노는 동안 숙제 같은 건 아예 생각하기 싫었다.

8월 3일, 오후에 료코와 불꽃 축제에 가기로 약속한 나는 쿵쿵 계단을 내려가 거실로 갔다. 토요일이어서 아빠와 엄마가 있었다. 아빠는 점심 먹은 접시를 설거지했고 엄마는 아일랜드 식탁에 앉아 노트북을 타닥타닥 두드렸다.

"나, 나가요."

"응? 어디?"

아빠가 놀라며 말했다. 엄마는 나를 보고 미소를 지었다.

두 분 다 이제 익숙해졌지만 역시 때때로 나를 걱정했다. 아니지, 언제나 걱정한다. 그 마음을 느끼면 나는 조금 기뻤다. 그래도 표정으로 드러나지는 않는지 언제나 정색한다는 말을 듣곤 했다. 무섭다는 말도 들었다. 솔직하게 굴라는 말도 들었다.

나는 그냥 평범하게 있는 건데.

전에도 그런 말을 들은 적이 있었다.

내 표정 근육을 앗아 간 사람은 틀림없이 스기모리 군이다.

그런 생각을 하자 내 안의 작은 스기모리 군이 "남 탓하지 마."라고 한마디 했다. 시끄러워. 너 때문이란 말이야.

"불꽃 축제. 료코랑 야구치랑 노자키랑 넷이 가요."

"남자도 있니?"

"안 돼?"

"아니, 괜찮아. 마음대로 하렴."

아빠는 내심 싫으면서 엄마가 노려보자 그렇게 대답하는 듯했다.

엄마는 다정한 표정으로 내게 말했다.

"일찍 말해 주면 좋았을 텐데. 오늘 렌이 집에 온댔어."

나는 심장이 두근거렸다.

렌이란 미토 오빠의 이름이다.

미토 오빠는 이름까지 멋있다.

"불꽃 축제 가는 거 취소할까요?"

"그런 말은 하지 말고 다녀오렴. 친구는 소중하잖니."

"그래도 미토 오빠가 집에 오는 줄 몰랐어요. 왜 말해 주지 않았어요?"

"미안하다, 유아 짱. 나도 조금 전에 알았어. 렌이 전화해서."

나는 마음이 흔들렸다.

어쩌지. 어쩌지. 어쩌지.

불꽃 축제 따위 가기 싫다. 미토 오빠와 만나고 싶다. 료코에게는 미안하지만 내 우선순위에는 언제나 미토 오빠가 제일 위다. 정말정말 미안하지만, 미토 오빠는 스기모리 군도 제치고 당당하게 정상에서 빛난다.

아빠와 엄마가 곤란한 듯이 얼굴을 마주 보더니, 아빠가 머뭇거리며 말했다.

"음, 사실 네가 없는 편이 좋을 것 같아."

"너무해. 왜 그렇게 말해요?"

나는 충격을 받았다.

아빠가 노골적으로 나를 가족에서 배제하는 말을 하다니, 믿을 수 없었다. 아니 그렇잖아, 여기 있는 저 두 사람은 혈연관계도 아니잖아?

사실 아빠는 나를 배제하려는 게 아니었다.

"그게 말이다, 그 녀석이 소개하고 싶은 사람이 있어서 데리고 온다고 했어. 분명 여자 친구일 거다."

나는 입을 꾹 다물었다.

서걱서걱 심장이 조각칼에 깎여 나가는 감각.

머릿속이 새하얘졌다. 아빠와 엄마는 "결혼하겠다는 보고일까?", "그건 모르겠지만, 의미심장한 말투여서……." 같은 대화를 나눴다.

나는 심장이 조각조각 부서져서 사방으로 튀는 것만 같았다.

그렇구나. 미토 오빠는 대학교 3학년이다.

여러 사정이 있을 것이다. 어떤 일이든 생길 수 있다. 나보다 훨씬 어른이다.

나는 멍하니 앞을 봤다. 아무것도 보이지 않았지만.

"……불꽃 축제, 다녀올게요."

"응. 괜찮니, 유아 짱? 역까지 데려다줄까?"

"자전거로 갈 거라서. 괜찮아요. 고맙습니다."

아빠도 엄마도 내가 미토 오빠를 얼마나 좋아하는지 알았다.

초등학생 때는 스기모리 군뿐만 아니라 아무에게나 "미토 오빠랑 결혼할 거야!"라고 말하고 다녔던 나를 똑똑히 기억한다.

지금은 아무리 그랬던 나라도 그런 어린아이 같은 소리는 하지 않는다.

그러나 내 감정은 그때부터 전혀 성장하지 않았다.

나는 내가 성장했다고 느끼고 싶었다. 이렇게 생각하자 마음 깊은 곳에서 작은 스기모리 군이 슬픈 표정을 지었다.

"괜찮아, 유아. 너는 성장했어. 나보다 훨씬."

그리고 내 마음속 작은 미토 오빠도 이렇게 말했다.

"나는 알고 있어. 너는 영리해."

시끄러워. 입 다물어.

어떻게 할지 결심했다. 흔들리는 마음은 공포로 뒤덮여, 한시라도 빨리 집에서 나가고 싶다고 난동을 부렸다. 조금 전만 해도 미토 오빠와 그렇게 만나고 싶었는데 지금은 평생 만나기 싫었다.

인간의 마음이란 정말 알 수 없다.

나는 서둘러 집에서 나왔다.

불꽃 축제가 열리는 역에 내리자 사람이 어마어마하게 많았다. 평소 주말의 다섯 배 정도. 이건 너무 많다. 진짜냐고.

진심으로 집에 가고 싶었다. 그러나 집에 가면 미토 오빠가 여자 친구를(혹은 남자 친구를) 데리고 왔을지도 모른다. 그 상황과 맞닥뜨리는 것은 싫었다. 끔찍하게 싫었다. 아직 마음의 준비를 하지 못했다. 마음의 준비가 다 될 예정은 영원히 없지만.

나는 집에 가고 싶은 마음을 꾹 참고 료코를 찾았다.

다들 생각하는 것이 비슷한지, 평소 약속 장소로 쓰는 역 앞의 이상한 그림 앞으로 사람들이 쓰레기처럼 우글우글했다. 쓰레기라는 건 물론 비유다. 인간은 쓰레기가 아니다. 그보다는 조금 더 가치가 있다.

아마도.

전화를 걸어 간신히 무리와 합류했다.

"또 제일 마지막에 도착했네, 히로."

료코가 히죽 웃었다.

야구치와 노자키는 시원해 보이는 옷차림으로 "왔냐." 하고 손을 들었다.

설마 내가 두 번째 더블데이트에 오게 될 줄이야. 그것도 미토 오빠가 집에 연인을 데리고 왔을지도 모르는 운수 사나운 날에.

"늦게 온 거 아니니까 나는 잘못하지 않았어."

"5분 늦었잖아."

"전철은 제시간에 맞춰 역에 도착했는걸."

"제시간에 플랫폼에 도착한 뒤에 만나는 곳까지 걸어와야 하잖아. 뭐, 됐으니까 가자."

료코가 내 팔꿈치를 단단히 붙잡고 걸었다.

숨 막히게 더워서 이러지 말았으면 했다. 그러나 싫지만은 않았다. 친구라는 느낌이었다.

아니야, 친구다. 나와 료코는.

두근두근.

기뻐서 료코를 보고 생긋 웃었다. 내 표정 근육은 웃을 때는 비교적 잘 움직였다. 씩씩한 녀석이다. 료코도 나에게 웃어 주었다. 기쁘다.

사람이 많아서 천천히 걸을 수밖에 없었다. 숙제는 했어? 약소

한 탁구부인데 왜 여름 합숙을 하냐고! 이런 수다를 료코와 재잘재잘 떨었다. 그러면서 야구치와 노자키에게도 말을 걸었다.

놀이공원에 갔던 지난번에는 완전히 여자 대 남자라는 느낌이었는데 신기하게 오늘은 넷이 함께 논다는 느낌이 들었다.

대단하다.

료코, 정말 진심일까.

노자키를 좋아하나.

불꽃 축제가 열리는 공원 근처까지 가자, 동네 신사의 축제 때처럼 길가에 포장마차가 잔뜩 늘어서 있었다. 신사까지 가지 않아도 축제 기분을 맛볼 수 있나 보다. 불꽃 축제에 흥미가 없고 와본 적이 없어서 이런 분위기인 줄 지금까지 몰랐다.

"료코, 되게 즐겁다."

"우후후, 즐겁지, 즐겁지? 아, 나 사과 사탕 먹고 싶어."

우리는 군것질거리를 사러 돌아다녔다.

나는 솜사탕과 감자 버터구이를 샀다. 료코는 사과 사탕과 베이비 카스텔라. 야구치는 다코야키와 오믈렛 소바. 노자키는 분홍색 초콜릿 바나나.

"노자키, 초콜릿 바나나 하나면 돼?"

"배가 별로 안 고파서."

탄수화물만 사서 왕창 먹는 야구치 옆에서 노자키는 어딘지 아니꼬웠다. 왠지 싫다. 순정 만화의 새침하게 구는 미남 캐릭터 같았다. 게다가 노자키는 포장마차 사람과 가위바위보를 해서 초콜릿 바나나를 하나 더 얻었다.

대단하다. 행운아네.

왠지 싫다.

노자키는 배가 고프지 않다고 다시 말하며, 공짜로 얻은 초콜릿 바나나를 나와 료코에게 줬다(배가 고픈 듯한 야구치가 먹고 싶다는 눈빛으로 봤다). 나는 야구치를 무시하고 료코에게 전부 먹어도 된다고 말했다. 친구로서 뭘 하면 좋을지 잘은 몰라도 최대한 료코의 사랑을 응원하고 싶었다.

깜짝 놀랐다.

나, 아주 자연스럽게 료코를 도와주고 싶다고 생각하고 있었다.

의무감이나 죄책감 같은 게 아니라, 그저 마음이 가는 대로.

그저 친구를 돕고 싶다고.

"으악, 뭐야, 왜 그래."

허둥거리는 료코를 보며 나는 고개를 갸웃거렸다. 그러다 이내 알아차렸다.

나는 울고 있었다.

"으악, 왜 이러지, 나."

"내가 할 말이야. 엑. 뭐야, 진짜 갑자기 왜."

료코가 주머니에서 손수건을 꺼내 내 얼굴을 거칠게 닦아 주었다.

나는 웃으며 "하지 마!"라고 말하며 고개를 돌리고 손수건을 받아 내가 직접 닦았다.

“뭐야, 뭐야. 눈에 모래라도 들어갔어?”

야구치가 허둥거리며 말했다.

“별로 바람도 안 불었는데.”

노자키가 그렇게 말하며 나를 걱정스럽게 살폈다.

나는 웃으며 료코의 손을 잡았다.

“더워서 눈에서 땀이 난 것 같다.”

“진짜? 능력자다.”

“황공합니다.”

“그보다 자리 잡아야지. 이미 좋은 곳은 없어 보이지만 일단은.”

야구치의 말에 우리는 불꽃놀이 구경하기 좋은 자리를 찾아 나섰다.

네 명이 나란히 앉을 수 있는 곳은 거의 없었다. 인파가 어마어마했다. 이 세상에 사람이 이렇게 많다니 믿을 수 없었다. 지옥철 몇 량을 연결하고 그걸 몇 대나 옆으로 줄 세운 것 같았다.

화장실을 생각하다가 지긋지긋해졌다. 여자 화장실, 행렬이 생긴 수준을 넘었겠지. 남자 화장실도 줄이 생겼겠다.

어쩌지. 오늘 생리 중인데. 내가 화장실에 가면 뒷사람을 한참 기다리게 해야 한다.

아니, 그렇지도 않나. 여자 화장실의 평소 풍경이다.

나는 평범하다. 응.

“히로세, 전에 만났을 때보다 인간미를 찾았네.”

앉을 만한 자리를 찾아 오래도록 걷는데 노자키가 내게 말을 걸었다.

여자 대 남자 대열이 무너져 료코와 야구치가 앞, 나와 노자키가 뒤에서 걸을 때였다.

그런가, 하고 나는 노자키에게 무뚝뚝한 목소리로 대답했다.

"별로, 평범한데."

"스기모리를 죽이겠다는 소리, 여전히 하고 있어?"

나는 힐끔 노자키를 봤다.

노자키의 표정은 진지했다. 놀리는 것은 아니고 그렇다고 걱정하는 것도 아니었다. 정신과나 심료내과에 가는 편이 좋다는 말을 꺼내려는 분위기도 아니었다.

사실은 가는 편이 좋긴 하겠지만.

"응, 그럴 생각이야."

"그래."

노자키는 잠깐 입을 다물었다. 료코가 "저기 자리 있을 것 같아."라고 하며 종종걸음으로 달려갔다. 그 뒤를 야구치가 쫓아갔다.

"네가 그렇게 하는 것이 좋다면 그게 좋겠지. 아마도 네가 편해지려면."

노자키는 "잘은 모르겠지만."이라고 덧붙였다.

나는 노자키를 말똥말똥 바라보았다.

"뭐야."라고 하는 노자키.

"그거다."라고 하는 나.

"응? 뭐가?"

"아니야, 그냥 내 문제야."

나는 싱긋 웃었다. 노자키의 얼굴에 물음표가 가득 떴지만 무시했다. 료코가 "여기도 안 되겠다!"라며 앞으로 걸어갔다.

겨우 앉을 곳을 찾아 넷이 와글와글 모여 앉아 포장마차에서 손에 넣은 음식을 먹거나 스포츠 음료를 홀짝홀짝 마셨다. 점점 하늘이 어두워졌다.

료코가 내 옆구리를 쿡쿡 찔러서 봤더니, 료코의 반대쪽 옆에 유아차를 접고 앉은 가족이 보였다. 진베이*를 입은 아빠에게 안긴 역시 진베이를 입은 아기. 아기는 목을 가눌 수 있고 눈도 초점을 또렷하게 맞출 수 있었다. 어찌나 통통한지 손목의 살이 겹쳐서 고무줄이라도 찼나 싶게 주름이 생겼다. 아빠와 엄마가 말을 걸자 까르르 웃었다.

"귀엽다."

료코가 말했다. 나는 응, 하고 고개를 끄덕였다.

"진짜 귀엽다."

나도 료코도 야구치도 노자키도 저렇게 사랑스럽고 귀여웠던 시기가 있었겠지.

분명 스기모리 군에게도.

하느님, 부탁이에요.

● 소매가 짧고 통이 넓어 통풍이 잘되는 일본의 여름옷으로 여며서 입는다.

이 아기가 건강하게 자랄 수 있기를. 몸도 마음도 건강하기를.

만약 건강하게 자라지 못한다면 최소한 희망이 있기를.

"맞다, 야구치. 이거 주는 거 깜박했어."

나는 가방에서 작은 목조 인형을 꺼냈다. 내 바로 뒤에 앉은 야구치. 료코 뒤에는 노자키가 바닥에 책상다리로 앉아 있었다.

"어, 진짜?"

"갖고 싶다고 했잖아. 필요 없으면 말고."

"필요해, 필요해, 필요해."

필사적인 반응이 재미있어서 나는 웃었다.

야구치에게 준 것은 말 모양의 목각 인형이었다. 삼국지를 좋아한다는 정보를 어디선가 들어서, 잘은 모르지만 아마 말이 나오겠지 싶어 말을 만들었다.

처음에는 거의 사람만 조각했는데 요즘은 동물을 조각하는 것도 괜찮다 싶었다. 아마 내 기술이 나아져서 그럴 것이다. 어려운 것도 만들어 보고 싶었다.

성장했다.

해냈다.

"어, 이거 히로세가 만들었어? 대박, 본격적이네."

"나도 하나 받았어. 날개 달린 까만 돼지. 진짜 귀엽다."

"우아, 진짜 기쁘다. 고마워."

나는 생글생글 웃었다. 내 공적을 칭찬받는 건 나쁘지 않다.

"이상한 이름은 붙이지 마."

"말이야말로 이상한 이름을 붙여야 하는 법이지."

"그래?"

"그렇다니까. 경주마 이름, 한번 찾아봐. 진짜 웃기거든."

"그거 경주마 아니거든요?"

그때 방송이 들리고, 인파가 순간 고요해졌다.

하늘이 완전히 어두워졌다.

불꽃 축제가 시작되었다.

첫 번째 불꽃을 보려고 하늘을 올려다보았다. 그러나 료코가 또 어깨를 두드리는 바람에 옆을 봤다.

아빠와 엄마가 "저거 봐." 하고 아기에게 하늘을 보여 주었다.

그 순간, 하늘이 환하게 밝아졌다. 불꽃이 터졌다.

아기는 태어나서 처음으로 불꽃을 봤다. 대단했다. 눈을 휘둥그렇게 뜨고 활짝 웃더니 손뼉을 짝짝 쳤다. 이 세상의 축복이 전부 담긴 듯한 미소였다. 그 순간, 나는 엄청난 행복을 느꼈다. 놀랐다.

아기는 저렇게도 순진무구하구나.

다음 순간, 펑 하는 소리가 뒤늦게 울려 퍼졌다.

순간 아기가 놀라서 공포 어린 표정을 짓더니 엄마에게 달라붙었다.

펑, 펑, 연달아 불꽃이 올라가고 소리가 났다.

처음의 감동은 어디로 갔는지 아기는 완전히 겁에 질렸다. 아빠와 엄마가 웃으며 괜찮다고 달랬다. 아기는 예쁜 불꽃을 올려다보고 있었으나 이미 최초의 환한 미소는 사라졌다.

저 아기가 다시 안심할 수 있으면 좋겠다.

이 세상에는 무서운 것도 있지만 처음 본 불꽃처럼 아주 좋은 것도 있다는 걸 알아주면 좋겠다. 아무리 사소한 것이라도 예쁘고 즐거운 것이 잔뜩 있다는 걸 기억하면 좋겠다.

나는 료코와 얼굴을 마주 보고 같이 킥킥 웃었다. 그리고 둘이서 하늘을 올려다보았다.

스기모리 군을 죽이려는 이유 13 : 내가 편해지기 위해서.

스기모리 군의 기분이 어떻든 아무래도 상관없다.

내가 후련해지고 싶으니까 스기모리 군을 죽이겠다.

너무하다고 생각할 수 있다. 자의식이 강하다는 소리를 들을 수도 있다. 죽은 자를 모독하는 것은 이상하다고 생각할 수도 있다. 내 안의 작은 세계에서 그런 목소리가 실제로 들렸다.

그래도 생각해 주길 바란다.

스기모리 군도 너무했다.

나를 정신 안정제처럼 이용했다. 스기모리 군을 걱정하는 나의 순수한 마음을 그 아이는 이용했다. 알고 있다. 나쁜 의도는 아마 없었을 것이다. 스기모리 군도 살기 위해 필사적이었다. 그래도 나는 상처를 받았다.

그렇다면 나도 스기모리 군을 이용하겠다.

스기모리 군을 내가 죽인 것으로 하고 싶다. 그렇게 해서 후련해지고 싶다.

그 아이의 죽음을 받아들이기 위해 나는 나를 속여야만 한다.

잘못된 걸지도 모른다. 그래도 괜찮다. 다른 사람들의 말 따위 내 알 바 아니다.

이것은 나에게 중요한 일이다.

아주아주 중요한 일이다.

14.

마지막 불꽃이 터진 뒤, 사람들이 느릿느릿 이동했다.

우리는 한동안 자리에 앉아서 넷이서 즐겁게 수다를 떨었다. 급하게 돌아가 봤자 어차피 바로 집에 가지 못한다. 역으로 가는 길이 사람들로 북적여서 도저히 가볍고 발랄하게 돌아갈 상황이 아니었다.

그러다가 슬슬 사람이 줄어들어서 료코가 일어났다.

"저기, 노자키. 마지막으로 금붕어 낚시를 하러 가고 싶은데."

나는 너무 놀라서 눈이 튀어나오는 줄 알았다. 튀어나오지 않았지만. 다행이다.

료코는 나와 야구치를 힐끔 보고 '따라오지 마라?' 하는 표정을 지었다. 진심인가. 료코, 정말로 노자키가 좋아? 뭐, 나쁜 선택지는 아니겠지만. 그래도 설마 얼굴만 보고 고르려고? 다른 사람도 아니고 료코가? 외모만으로 사랑?

뭐, 어쩔 수 없다.

아무리 멋진 친구라도 공감하지 못하는 부분은 있는 법이다.

아쉽지만 그것이 현실이었다.

"그럼 우리는 집에 갈까."라고 야구치가 말해서 나는 움츠러들었다.

그러네. 료코가 노자키와 둘만 있고 싶다면, 이쪽은 이렇게 되는 거였다.

나와 야구치 사이에는 이미 마리아나 해구가 존재하지 않았다. 그래도 어중간한 계곡 정도는 존재했다. 판자를 걸치면 건너갈 수 있는 정도의.

"그럼 히로폰. 라인 보낼게."

"응, 료코. 힘내."

료코가 '앙?' 하는 표정을 짓더니 노자키와 함께 포장마차가 늘어선 곳으로 갔다. 노자키는 나와 야구치에게 "다음에 보자."라고 말하고 왠지 히죽거리며 료코와 눈짓을 주고받았다.

왠지 싫은 느낌이었다.

나만 따돌림받는 느낌.

"히로세, 집에 안 가?"

"아, 응. 갑니다."

"늘 궁금했는데 왜 존댓말을 써?"

야구치가 웃으며 걸었다.

사람이 줄었다지만 여전히 많았다.

밤이라도 여름이어서 덥고 푹푹 쪄서 몸이 뜨거웠다. 게다가 집에 가면 연인을 데리고 온 미토 오빠가 있을지도 몰랐다.

미토 오빠의 연인이 집에 왔을지도 모른다는 사실을 떠올리자 우울해졌다.

집에 가기 싫었다. 그래도 빨리 집에 가지 않으면 밤길은 위험하다. 여자니까.

"야구치, 료코랑 미리 짜고 불꽃 축제 약속을 잡은 거지?"

"엉? 으아, 알고 있었어?"

야구치가 어째서인지 동요했다. 내가 그렇게 이상한 말을 했나?

"그야 료코가 노자키를 잘생겼다고 말했었거든. 둘을 위해서 자리를 마련해 준 거지?"

야구치는 '으잉?' 하는 표정을 짓더니 곧 '아아' 하는 표정을 지었고, 이어서 하하 웃는 듯한 표정으로 바지 주머니에 두 손을 넣고 시선을 피했다.

"그쪽이었냐? 응, 뭐, 비슷한데."

나는 눈을 깜박였다. 야구치는 목소리가 정말 낮았다. 무슨 생각을 하는지 조금도 알기 어려웠다.

"그보다 아까는 고마웠어."

"뭐가?"

“말. 말 목각 인형. 방에 장식할게.”

“아아. 나도 지금까지 만든 거 전부 방에 장식했어.”

“으악. 개수가 되게 많지 않아?”

“맞아. 세어 보지 않았지만 되게 많았어.”

나는 방의 참상을 떠올리고 후후 웃었다.

아마 스기모리 군이 보면 “이렇게 많이 만들면 위험인물 아니야?”라며 웃겠지. 그래도 분명 이런 나를 부정하지는 않을 것이다. 스기모리 군은 그런 아이니까.

내 안의 작은 스기모리 군은 마음이 평온하고 가장 다정했을 때의 스기모리 군이다. 나를 절대로 부정하지 않았던 시절의 스기모리 군.

그건 진짜 스기모리 군은 아니다. 그래도 나에게는 진짜였다.

“히로세, 좋아하는 사람 있어?”

“응, 있어.”

재깍 대답했다가 뭔가 위화감을 느껴 야구치를 봤다.

“아, 그렇구나.”

어두워서 표정은 잘 모르겠다. 그러나 딴 곳을 보며 입술을 꾹 다물고 있었다.

그 얼굴을 보고 깨달았다.

료코가 노자키와 눈짓을 주고받으며 간 이유도.

애초에 이번 불꽃 축제 참여 멤버도.

갑자기 모든 게 하나의 선을 이루더니 어떤 가능성이 떠올랐다.

"혹시 야구치, 나를 좋아하니?"

"뭐? 별로, 안 좋아하거든!"

기다렸다는 듯이 대답이 돌아왔다. 야구치는 대놓고 동요했다.

으악, 진짜냐.

이거 실화?

내 마음속 작은 스기모리 군이 "어떡해! 대박! 유아, 어떻게 할 거야?" 하고 난리를 쳤다. 작은 미토 오빠는 "흠, 야구치라면 꽤 괜찮지 않나?"라는, 절대로 본인이 말하지 않을 소리를 진지한 톤으로 중얼거렸다.

나는 이유도 없이 얼굴이 뻘게졌다.

왜 이러지.

여름이라 그러나. 덥다. 밤에도 너무 더웠다.

그러니까 불꽃 축제 같은 건 별로였다.

"야구치."

나는 멈춰 섰다. 야구치도 멈춰서 돌아보고 침을 꿀꺽 삼켰다.

"솔직히 말해 봐. 나를 좋아해?"

일단 확실히 해 두고 싶었다. 착각해서 이야기를 진행하면 안 되니까.

야구치는 한참 말이 없더니 고개를 끄덕였다.

"좋아……합니다."

그러더니 팔로 얼굴을 가리려고 했다.

굉장히 부끄러워했다.

“그렇구나…….”

이번에는 내가 입을 다물 차례였다.

이렇게 커플은 상상조차 하지 않았다.

실화냐고.

“……미안.”

“왜 야구치가 사과해?”

“아니, 진짜로 아아, 실수했다. 꼴사나워.”

쪼그려 앉아 머리를 움켜쥐는 야구치. 좀 더 멋있게 고백하고 싶었는지도 모르지. 아니면 로맨틱한 고백. 그런데 내가 먼저 앞질러서 망쳐 버렸다. 미안했다.

그래도 그렇게 낙담할 일은 아닌데.

연애란 원래 꼴사나운 거잖아?

불꽃 축제에 온 사람들이 우리를 피해 지나갔다. 히죽거리며 이쪽을 보는 사람도 있었다. 목소리가 조금 컸나 보다. 반성.

“전혀 몰랐어, 야구치. 왠지 미안하다.”

“진짜냐……? 나 말도 많이 걸고 나름대로 노력했는데…….”

“그랬어? 하지만 야구치 너는 료코랑도 얘기를 잘해서 여자랑 그런 쪽으로 거리감이 없는 줄 알았어.”

“아니, 걔랑은 지긋지긋한 악연이어서.”

“어, 그렇다면 너도 오타쿠야?”

“아니야. 그런 의미가 아니거든.”

“미안.”

나는 웃고 말았다. 야구치가 어휴, 하고 한숨을 쉬고 힘없이 웃었다.

어떻게 할지 생각한 뒤, 나는 말했다.

"야구치."

"……네."

"나는 지금 좋아하는 사람이 있습니다."

야구치의 얼굴이 하얗게 질리는 것이 보였다. 가로등이 있다지만 밤인데 사람 안색이 이렇게 알기 쉽던가.

야구치는 천천히 일어났다. 상처받아 사라지고 싶다는 듯한 표정이었다.

"……알았어. 미안, 정말 잊어 주라."

"내 말을 끝까지 들어."

야구치는 놀라서 "네." 하고 대답했다. 엄마에게 혼난 초등학생 같았다.

야구치도 참 특이한 아이다 싶었다.

하필이면 왜 나를 좋아할까. 좋아할 요소가 있었나? 분명히 괴상한 사람이 취향일 것이다. 그렇지 않으면 나를 좋아하는 게 이상하잖아. 제정신이 아니다. 아마도 괴짜.

하지만 나는 멀쩡하지 않은 사람이 별로 싫지 않다.

"나는 좋아하는 사람이 있지만 이어질 수 없습니다. 그 사람은 내가 안중에도 없으니까."

나는 말했다. 솔직하게 고백했다.

어렸을 때, 스기모리 군은 "남매 사이가 되니까 미토 오빠랑은 결혼하지 못하게 됐네."라고 말했지만, 사실은 그렇지 않다. 나는 진실을 잘 파악했다.

미토 오빠는 설령 나와 남매 사이가 아니어도 나를 좋아하지 않을 것이다. 틀림없이 그렇다. 오히려 나는 미토 오빠와 남매 사이가 된 것을 기뻐해야 했다. 왜냐하면 미토 오빠가 나에게 마음을 쓰는 이유는 내가 여동생이기 때문이니까.

만약 여동생이 아니라면 미토 오빠는 나를 아예 신경도 쓰지 않았을 것이다.

부정적으로 생각하는 것이 아니다. 사실이 그렇다.

슬프지만 현실은 그런 법이다.

그러니 나는 실연했다. 이미 오래전에.

아마 부모님이 재혼하기 전부터 나는 내심 알고 있었을 것이다. 그렇지만 어쩔 수 없었다. 흔히 첫사랑은 이루어지지 않는다고 하잖아?

"나, 야구치가 싫지 않아. 아니, 꽤 좋아하는 것 같아. 나를 신경 써 주고 불편하지 않은 정도로 장난치고……. 나, 그런 게 생각보다 즐거웠어. 같이 멍청한 짓을 하고 웃을 수 있는 사람을 좋아하니까."

야구치는 잠자코 있었다.

"그러니까 야구치를 연애 대상으로 좋아하게 될 가능성이 없다고 할 수는 없다고, 생각합니다."

"……진짜?"

야구치의 목소리에 기대감이 어렸다.

왠지 귀여워서 나는 웃음이 터질 것 같았다.

정말 그렇게 생각했다.

나는 좋아하지도 않는 사람에게 고백받으면 분명 기분 나빠할 것이다. 결국에는 그 사람을 피하다가 끝날 것이다. 그러니 지금 내가 야구치를 귀엽다고 생각하는 것은, 비교적 가능성이 있다는 뜻이었다.

"하지만 그러기 전에 내가 깔끔하게 포기해야만 해. 좋아하는 사람을. 좋아하는 사람이 있는데 다른 사람과 사귀는 사이가 되는 거, 나는 못 해. 양심에 어긋나. 내 마음을 존중할 수 있니?"

"응……. 아니, 나도 그게 더 좋아."

어두운데 야구치의 얼굴이 새빨개진 것이 똑똑히 보였다.

나는 미소를 지었다. 야구치의 목소리는 여전히 낮았다. 주의를 기울이지 않으면 알아듣기 어려웠다.

"그러니까 조금만 기다릴 수 있을까요? 조금이 아닐 수도 있습니다. 몇 개월, 어쩌면 일 년이 걸릴지도 모르지만. 그래도 기다려 줄 수 있을까요?"

"너무 치사하잖아."하고 작은 스기모리 군이 항의했다.

"유아, 너는 초등학교 3학년 때부터 지금까지 미토 오빠를 포기하지 못했잖아. 앞으로 고작 몇 개월이나 1년 안에 포기하겠다니 불가능할 게 뻔해. 야구치에게 괜한 기대감만 주고, 야구치가 너무 불쌍하다.”

나는 작은 스기모리 군의 목소리를 무시했다.

왜냐하면 내 직감이 야구치를 좋아하게 될 거라고 말하고 있기 때문이었다.

지금은 작은 스기모리 군보다 내 마음의 소리를 우선하겠다. 그렇잖아, 내 인생인걸.

야구치는 바로 대답하지 않았다. 충분히 1분간 음미했다.

그것만으로도 나에게서 높은 점수를 땄다.

어쩌면 정말로 좋아하게 될 것 같아.

“……알았어, 기다릴게.”

“그래. 다행이다. 자, 집에 가자.”

나는 손을 내밀었다.

야구치는 놀란 듯 보였지만, 나와 손을 잡아 주었다.

“저기…… 손을 잡는 건 양심에 어긋나지 않아?”

나는 당황했다.

“사귀지 않는 사람과는 손을 잡으면 안 되나?”

“아니, 괜찮을 것 같아. 완전 괜찮습니다.”

야구치도 덩달아 존댓말을 썼다.

재미있다.

지금 나는 얕은 계곡에 다리를 걸쳤다.

이제부터 메우기 시작해서 졸졸 흐르는 시냇물로 바꿔야지. 마음이 내키면 금방 뛰어넘을 수 있는 정도의 시냇물.

나는 싱긋 웃고, 야구치와 손을 잡고 수다를 떨며 역까지 걸었다.

스기모리 군을 죽이려는 이유 14 : 나는 스기모리 군의 이해자가 되지 못한다.

나에게는 한계가 있다.
한낱 인간일 뿐이니까.
내 인생은 내 것이기에 스기모리 군에게 전부 넘길 수 없다.
그러니 슬슬 독립하고 싶다.
스기모리 군에게서 해방되어 나는 내 인생을 살고 싶다.

15.

나는 미토 오빠에게 세 번째로 전화를 걸었다.

미토 오빠는 바로 전화를 받았다.

혹시 미토 오빠는 이제 전화를 싫어하지 않는 걸지도. 미토 오빠가 집에서 나간 지 2년 반. 내가 모르는 사이에 미토 오빠는 점점 달라져서 싫어하는 것을 극복하고 새로운 사고방식을 익혔을 수도 있다.

내 안의 작은 미토 오빠는 내 안에만 존재한다.

내 안에 있는 작은 스기모리 군이 진짜 스기모리 군이 아닌 것과 같았다.

"히로. 저번에는 아쉬웠어. 만날 수 있을 줄 알았는데."

"응, 있잖아, 미토 오빠. 스기모리 군을 죽일 방법을 알았어."

미토 오빠가 "그러니."라고 대답하고 잠시 입을 다물었다가 말했다.

"나한테 꼭 말하지 않아도 돼."

"응…… 그래도 들어 줄래?"

"말하고 싶다면 들을게."

나는 방에 장식한 수십 개나 되는 목각 인형들을 봤다.

어쩌면 몇백 개일지도 모른다.

"나에게는 내 인생이 있어."

나는 말했다.

"그래도 거기에 스기모리 군이 계속 있어. 이따금 나타났다가 사라지면서 계속 있어. 내가 뭔가 하려고 할 때마다 마음속 목소리가 이러쿵저러쿵 말을 걸어. 그런 건 사람으로서 이상하다거나 잘못되었다거나 제대로 좀 하라거나, 다양한 말을 해. 그래도 엄격한 말만 하는 건 아니고, 그렇게 해도 된다거나 응석을 부려도 된다거나 쉬어도 된다거나 하는 목소리도 들려. 그 안에 스기모리 군은 영원히 있을 거야. 미토 오빠도 있고, 아빠랑 엄마도 있어. 내 친엄마도 있고, 선생님이나 친구들, 앞으로 만나게 될 사람들도 그때그때 추가될 거야. 연예인이나 유튜버도 있겠지. 그리고 그 사람들은 사라지지 않아. 평생 늘어나기만 해. 그러니까 나는 그 사람들과 함께 살아가. 너무너무 귀찮지만, 아마 다들 이렇게 살아갈 거야. 현실 속 그 사람과 마음속에서 말을 거는 사람은 별개이지만, 그래도 이것 역시 어쩔 수 없겠지. 전부 머릿속 망상이지만 인간이란 원래 그런 법이라고 생각해."

나는 숨을 들이마시고 내쉬었다.

나는 그 사람들을 거침없이 타이르고 때로는 고마워하고 때로는 지긋지긋해하며 살아가겠지.

왜냐하면 나는 살아가겠다고 정했으니까.

"머릿속 망상에 불과하지만 그래도 나에게는 현실이야. 다들 그럴 거야. 유일무이한 진실 같은 거, 아무도 정확하게는 모르고 다들 주관에 따라 살아가는 거야. 스스로 현실이라고 믿은 것을 자기만의 현실로서 가져올 뿐이어서 객관적인 사실과는 무관한 것도 많이 있을 거야. 하지만 그래도 괜찮다고 생각해. 스스로 그렇다고 생각하면 그건 그 사람에게 이미 현실이고 사실이야."

"응, 나도 동감해."

역시 미토 오빠였다.

나의 이 알쏭달쏭한 말을 이해해 줬다.

"그러니까 미토 오빠. 스기모리 군도 내가 죽였다고 생각하면 내가 죽인 것이 돼. 내 안에서는."

"흐음……. 누군가는 '자기기만'이라고 할 수도 있는 결론이네."

"그것도 미토 오빠 머릿속에 있는 수수께끼 환영의 목소리에 불과하잖아?"

"응, 뭐, 그렇지."

객관적으로 옳은지 그른지, 나에게는 이미 의미가 없었다.

객관 따위 어차피 누군가의 주관이었다.

"아무튼 잘됐다. 방법을 알아서."

"응, 잘됐어."

나는 숨을 길게 내쉬었다.

미토 오빠도 안심한 것 같다. 전화 너머인데도 알 수 있었다.

"나도 너한테 하고 싶은 말이 있어."

"나한테?"

"아니, 정확히 말하면 사과하고 싶은 게 있어."

"어?"

나는 두근거렸다. 사과하고 싶다고? 미토 오빠가?

미토 오빠가 사과해야 할 일을 한 게 있던가? 전혀 생각나는 것이 없었다.

"뭔데?"

왠지 두려웠다. 사과하고 싶은 사람은 미토 오빠인데 이상하게 내가 나쁜 짓을 한 것 같은 기분이었다.

"히로, 트라우마 섬이라고 알아?"

나왔다. 또 미토 오빠의 수수께끼였다.

이야기를 어떻게 끌고 갈 생각일까. 전혀 짐작되지 않았다.

"비유야. 우리는 모두 바다를 표류하고 있어. 그리고 거기에 도넛 같은 모양의 섬이 하나 있어. 도넛 중앙은 깊은 호수이고, 트라우마가 있는 사람은 그 호수에 빠져 어푸어푸 물거품을 내뿜고 있어. 꼭 트라우마가 아니라 고민이 있는 사람이라고 생각해도 좋아."

나는 "응." 하고 맞장구를 쳤다.

어쩌면 미토 오빠는 불꽃 축제가 열린 그날, 나에게 이 이야기를 해 주고 싶었을까.

"섬 바깥의 바다에 표류한 사람들은 중앙 호수에 빠진 사람의 문제를 알아차리지 못해. 트라우마 섬이 높게 솟구쳐서 그 안에 호수가 있는 것 자체를 모르거든. 호수 바닥에 가라앉은 사람을 도우려면 트라우마 섬에 올라가야만 해. 그러나 트라우마 섬의 정상보다 호수 쪽에 조금이라도 가까워지면, 아차 하는 사이에 발이 미끄러져서 도와주려던 사람까지 함께 호수에 가라앉게 돼."

나는 상상했다. 트라우마 섬은 아마 안쪽이 개미지옥 같은 구조일 것이다. 호수 중앙에 빠진 사람은 자기 힘으로 올라올 수 없다. 올라오려고 하면 미끄러지고 실패하고 그러다가 포기하고 힘이 다해서 호수 바닥으로 보글보글 가라앉는다.

"그러니 트라우마 섬에 오르려면 나름대로 장비가 필요해. 또 너무 깊이 들어가지 않게 거리감도 있어야 하지. 다만 거리를 두는 것은 가라앉은 사람에게서 시선을 돌리고 섬을 내려가서 바다로 나간다는 의미가 아니야. 호수 바닥이 보이는 곳과 호수에 떨어지지 않을 딱 적절한 위치에 버티고 서야만 해."

"나는 바다로 도망쳤어."

나는 말했다. 너무도 슬픈 감정에 휩싸여.

미토 오빠가 한숨을 쉬었다.

"아니야, 히로. 도망친 건…… 나였어."

나는 허를 찔렸다. 미토 오빠가 무슨 말을 하려는지 모르겠다.

"사실은 우리가 알아차리고 너 대신에 스기모리 군의 트라우마 섬에 올라가야 했어. 주변 어른들이, 부모님이나 선생님이나……. 응, 역시 아니야. 내가 그렇게 해야만 했어."

나는 놀랐다. 기분 탓일까, 미토 오빠의 목소리가 떨리는 것 같았다.

"왜 얘기가 그렇게 돼? 미토 오빠는 하나도 잘못한 거 없어."

"나는 그렇게 생각하지 않아."

미토 오빠가 말했다. 단호한 목소리였다.

"너 가끔 나한테 전화했었잖아. 중학교에서 무슨 일이 있었는지 동아리에서 무슨 활동을 하는지. 그래도 네가 하는 말 중 60퍼센트는 스기모리 군 이야기였어."

나는 숨이 멎을 것만 같았다.

그럴 리가…… 그럴 리가…… 그랬나?

충분히 1분간 생각하고 그럴지도 모른다고 생각했다.

놀랐다. 나는 전혀 깨닫지 못했다. 미토 오빠와의 귀중한 대화의 절반 이상을 설마 스기모리 군 이야기에 썼을 줄이야. 갑작스러워서 믿기 어려웠으나, 잘 생각해 보면 스기모리 군을 죽이기로 정한 뒤에도 나는 미토 오빠에게 내내 스기모리 군 이야기만 했다.

죽었으니까 스기모리 군만 생각하게 된 것이 아니다.

나는 그 전부터 그 아이만 생각했다.

왜냐하면 친구였으니까.

“미안해, 미토 오빠. 나…… 무의식이었어.”

“그건 괜찮아. 너는 전혀 나쁘지 않아. 나쁜 건 네가 스기모리 군을 어떻게 해야 할지 모르겠다고 했는데도 도우려고 하지 않은 나야.”

나는 뭔가 날카로운 것이 가슴을 꿰뚫은 듯한 기분이었다.

괴로워, 너무 괴로워.

“네가 스기모리 군 이야기를 했을 때, 내가 알아차렸어야 했어. 아니, 알아차리긴 했어. 하지만 뭘 어떻게 하면 좋을지 몰라서 방치했어. 너를 그냥 내버려 뒀어.”

“그렇지 않…….”

“미안해, 히로. 이걸 계속 사과하고 싶었어.”

나는 스마트폰을 있는 힘껏 움켜쥐었다.

미토 오빠도 스기모리 군의 죽음으로 괴로웠다는 것을 지금 처음 알았다.

스기모리 군의 죽음은 많은 사람을 괴롭게 했다. 이렇게 할 걸 그랬나, 저렇게 할 걸 그랬나, 하고 사람들에게 계속 죄책감을 품게 했다. 그만큼 스기모리 군은 많은 사람에게 소중한 존재였다.

이를 어떡해.

스기모리 군은 죽어서는 안 됐다.

그것만큼은 역시 해서는 안 되는 일이었다.

“그래서 지금은 전화를 받는 거구나, 미토 오빠.”

미토 오빠가 입을 다물었다. 생각에 잠겨서가 아니라 말문이 막힌 것을 나는 알았다.

스기모리 군이 죽기 전에 미토 오빠는 내가 전화를 걸어도 내 말을 제대로 들어 주지 않았다. 내가 스기모리 군 이야기를 해도 "지금 바빠서."라고 끊을 때도 종종 있었다. 아무리 전화해도 받지 않았다. 전화를 싫어한다면서 받지 않았다.

미토 오빠는 후회하고 있다. 나만큼이나 그 상황을 제대로 직시하지 않은 것을 후회한다.

나는 일단 심호흡했다. 한 번. 두 번. 세 번.

냉정해진 머리로 미토 오빠의 죄를 생각했다. 그래도 역시 내 생각은 심호흡하기 전과 별로 달라지지 않았다.

나는 미토 오빠를 좋아한다. 아무리 노력해도 싫어할 수 없었다. 그러니 미토 오빠의 본심을 들은 뒤에도 분노가 솟구치지 않았다. 원망도 불평도 일절 생기지 않았다. 오히려 후회하면서 지금은 필사적으로 달라지려고 노력하는 미토 오빠에게 감사했다. 나와 대화를 나누려고 하는 미토 오빠에게 감사했다.

'반한 게 죄다'라는 말이 이런 경우겠지.

연애는 정말이지 꼴사납다.

"언젠가 미토 오빠를 싫어하게 되면 좋겠다."

그렇게 말하자 미토 오빠는 제대로 단어를 이루지 못한 복잡한 맞장구를 쳤다.

내가 좋아하는 마음을 포기하길 바라면서도 싫어하는 것까지는 내키지 않는다고 생각하는 미토 오빠의 마음이 훤히 보였다.

내 안의 작은 미토 오빠가 그렇게 말하니까.

도와주지 않았던 것을, 한심하게 도망쳤던 것을 놓고 언젠가 집요하게 따지고 싶었다. 울면서 투정을 부리고 못된 오빠라고 등을 철썩철썩 때리고 싶었다.

아마 언젠가 말할 수 있을 거다. 그럴 것 같았다.

앞으로 한두 가지를 극복할 수 있다면.

"슬슬 끊을게. 통화 오래 했다."

내가 말하자 미토 오빠가 조금 안심한 듯이 숨을 내쉬었다.

"그럴래?"

"이제부터 친구들이랑 놀러 갈 거야."

"호오. 데이트?"

미토 오빠답지 않은 반응이었다. 굳이 따지자면 아빠 같았다.

하여간 사랑에 빠지면 사람은 이리도 저속해지나.

어쩌면 미토 오빠는 처음부터 그런 사람이었을지도 모른다는 생각이 들었다.

사랑에 빠진 내가 미토 오빠의 이미지를 마음대로 미화해서 날조했을 뿐일지도. 알고 보면 미토 오빠는 그렇게 대단한 사람이 아닐 수도 있다.

"응. 더블데이트야."

"오오, 청춘이네."

"그런 다음에 성묘하러 갈 거야."

"……스기모리 군?"

“응.”

“그러니.”

미토 오빠는 잠깐 생각하다가 조금 밝게 말했다.

“스기모리 군한테 인사 전해 줘.”

“알았어. 맡겨 줘.”

“그리고.”라고 덧붙이며 깜박하기 전에 말했다.

“미토 오빠, 결혼 축하해.”

미토 오빠가 전화 너머에서 싱긋 웃는 기색이 느껴졌다. 면목 없다는 표정으로, 그래도 기쁘게 웃는 것 같았다.

“응. 고마워, 히로.”

스기모리 군을 죽이려는 이유 15 : 스기모리 군은 도움을 청하는 것이 너무 어설프다.

스기모리 군은 틈만 나면 나에게 약한 모습을 보여 주었으나 누구에게나 그런 것은 아니었다. 나는 아마 스기모리 군에게 게임의 세이브 지점이었을 것이다. 마음을 놓을 수 있는 틈새. 숨을 이어 가기 위한 휴게소.

스기모리 군은 항상 실실 웃었다. 그렇게 어물쩍 넘어갔다. 싫은 일이 있어도 그 자리에서는 견디고 자기감정에 뚜껑을 덮어 버렸다. 나중에 나에게 토로했다. 나는 남에게 도움을 청하는 것이 끔찍하게 어설픈 스기모리 군이 유일하게 도움을 청할 수 있는 단한 명의 인간이었다.

초등학생 때 스기모리 군에게 받은 편지는 여전히 내 서랍에 들어 있다. 100송이나 되는 꽃이 그려진 편지지 중앙에 스기모리 군의 메시지가 일곱 가지 색 펜으로 적혀 있다.

유아, 정말 좋아해. 평생 친구야.

아마 스기모리 군의 서랍에도 내가 쓴 러브레터가 여전히 들어 있을 것이다.

우리는 친구였다. 정말 사이좋은 절친이었다. 그러니 스기모리 군이 나를 의지한 것은 당연했다. 밥을 먹으면 배가 부른 것처럼, 밤이면 잠이 오는 것처럼 당연한 일이었다.

하지만 나는 슈퍼맨이 아니다.

나는 노력했다. 처음에는 노력했다. 그러다가 지쳤고, 결국 마지막에는 스기모리 군을 버리고 트라우마 섬에서 내려와 바다로 도망쳤다.

스기모리 군은 호수에 가라앉은 채 물거품 한 번 뿜어내지 못했다.

스기모리 군은 도움을 청하는 것이 너무너무 어설펐다.

스기모리 군이 최소한 호수에서 고개를 내밀어 꺅꺅 소리라도 질러 주었다면 좋았을 텐데.

나 이외의 다른 사람에게도 들리도록.

스기모리 군의 부모님도 선생님도 친척도 '말 잘 듣는 착한 아이 스기모리 군'만 알았을 것이다. 스기모리 군은 그런 아이를 내내 연기했다. 스기모리 군은 인간을 믿지 못해 자기 마음을 전부 감추고 피폐해졌다.

스기모리 군이 인간 불신에 빠진 것은 주변 탓만도 아니고 본인 탓만도 아니다. 나쁜 일이 기적적으로 겹치고 우연이 꼬리에 꼬리를 물어, '사람을 믿지 못하는 마음'이 차곡차곡 쌓여 갔기 때문이다.

스기모리 군은 오로지 나에게만 도움을 청했다.

그러나 나 역시 인간이었다. 스기모리 군 정도로 힘들었던 건 아니다. 치료가 필요한 수준도 아니었을 것이다. 그래도 말하고 싶다. 작은 아무개는 얼굴을 찌푸릴지도 모르나 역시 말하고 싶다.

나 역시 약했다.

나에게도 용량이 있다. 무리하면 망가진다.

그러나 스기모리 군은 그걸 잊었다.

내가 스기모리 군에게서 도망친 원인이 나에게만 있는 것은 아니었다.

물론 스기모리 군에게만 있는 것도 아니었다.

이 세상은 복잡하고 번거롭다. 절대로 단순 명쾌하지 않았다.

산다는 것은 정말 귀찮은 일이었다.

그래도 나중에 서서히 즐거워지는 일은 대부분 귀찮은 법이다.

16.

　미토 오빠에게 전화를 건 뒤, 료코와 야구치와 노자키 넷이서 또 놀았다. 이번에는 수영장이다. 우리는 놀라우리만치 청춘을 구가하고 있다. 만화 같다.

　료코와 노자키가 좋은 사이로 발전했는지는 모른다. 그래도 나와 야구치는 예전보다는 느낌이 좋아진 것 같았다. 적어도 나는 최근 야구치만 생각했다. 미토 오빠 수준까지는 아니어도.

　수영장에서 나와 나는 노자키에게 스기모리 군의 성묘를 하러 가자고 말했다. 노자키도 스기모리 군과 어울렸던 적이 있으니까. 노자키에게 성묘하러 가자고 하는 것은 이상하지 않았다.

　그런데 신기하게도 료코와 야구치도 성묘하러 쫓아왔다.

　놀랐다. 두 사람은 스기모리 군을 모르는데. 모르는 사람의 성묘를 갈 의미가 있나?

"그야, 조상님 성묘도 하러 가잖아? 일본 묘에는 가족이 전부 들어가니까. 나는 모르는 사람의 성묘를 매년 당연하게 해."

료코가 아무렇지 않게 말했다.

조상님 성묘랑은 좀 다르지 않나.

의아하긴 했으나 기분 나쁘지는 않았다.

입구 근처에 놓인 양동이와 국자를 들고 물을 받아 스기모리 가문의 묘라고 적힌 네모난 돌을 적셨다. 묘 앞의 컵에 물도 갈고, 가져온 과자도 바쳤다. 스기모리 군이 좋아했던 과자다.

"향을 가지고 올 걸 그랬다."

내가 중얼거리자 료코가 말했다.

"에이, 괜찮아. 우리랑 같은 나이잖아? 향 냄새는 별로 안 반가울걸."

과연 옳은 말이다. 스기모리 군은 모기향 냄새도 싫어했다.

나는 손을 모으고 있는지 없는지 모를 스기모리 군에게 마음속으로 기도했다.

스기모리 군.

죽인 걸로 해서 미안해.

하지만 견딜 수 없었어.

이건 내 이기심이야.

그래도 스기모리 군은 나의 소중한 스기모리 군을 죽였잖아.

용서할 수 없는 죄야.

그러니까 이 정도는 용서해 줘. 피차일반이란 거야. 그렇지?

불만이 있다면 내가 죽은 다음에 들을게.

아마 앞으로 몇십 년 뒤겠지만 기다려 줘.

부탁이야. 기다려 줘.

사과하고 싶은 것도 아주아주 많으니까.

고개를 들자 료코와 야구치와 노자키 세 사람이 나를 기다리고 있었다.

"맨날 히로가 마지막이야."

료코가 웃으며 손을 내밀었다. 나는 그 손을 잡고 영차 일어났다.

"얼마 전에 SNS에서 본 말인데. 사람은 한 곳에만 집착하면 의존하게 된대. 그게 생각보다 좋지 않은 일이래."

료코가 이런 말을 했다. 흐음, 나는 무심한 소리를 냈다.

"그래도 의존할 곳이 많아서 여기저기 상담할 수 있으면, 그건 자립이라고 부른대."

료코가 내 손을 꼭 움켜쥐었다. 나는 눈을 깜박이고 료코와 야구치, 그리고 부록처럼 노자키를 봤다.

"그러니까 다 같이 나누자."

"……료코, 드라마 너무 많이 본 거 아니야?"

"뭐?"

"너무 명언 같잖아. 노린 티가 팍팍 나. 약았다."

"너 말이다. 나는 용기를 주는 거라고."

나는 깔깔 웃었다.

더운데 이상하게 료코와 달라붙어 걷고 싶은 기분이었다.

"배고프다. 우리 중국식 냉면 먹으러 가지 않을래?"

"좋다. 역 앞에 중국집 있었어."

"나는 군만두 먹고 싶다."

"나는 탄탄면."

"갑시다, 갑시다."

왁자지껄 떠들며 넷이 함께 걸었다. 료코의 팔을 잡고, 양동이와 국자를 깨끗하게 정리하고, 지나가다 마주친 성묘객과 인사도 잘 나눴다.

나는 힐끔 뒤를 돌아 스기모리 군의 묘를 봤다.

저기에 스기모리 군이 있다는 생각은 역시 들지 않았다. 왜냐하면 스기모리 군은 언제든 내 안에서 이러쿵저러쿵 말을 거니까.

그래도 이렇게 외부에 스기모리 군이 머물 곳을 만들어 두는 것도 사실은 아주 중요한 일이리라.

그러니 나는 작은 목소리로 중얼거렸다.

안녕.

또 올게.

해설

함께 성장한 사랑하는 친구가 곁을 떠났을 때,

우리 마음은 어떻게 움직이는가?

김현수 ('성장학교 별' 교장 l 정신건강의학과 전문의)

1. 하세가와 마리루가 그려 낸 독특한 애도의 풍경

『너를 죽이려면』(원제: 杉森くんを殺すには)은 친구의 자살이라는 충격적인 사건을 겪은 주인공이 죄책감과 상실감을 극복해 나가는 과정을 독창적인 심리 묘사로 풀어낸 작품입니다. 이 소설은 원치 않는 상실을 마주했을 때 인간의 마음이 어떻게 요동치고 회복되는지를 보여 주는 훌륭한 심리 소설이자, 밀도 높은 애도에 관한 기록입니다. 작가는 주인공의 내면을 통해 마치 '청소년기 내면 작동 설명서'를 펼쳐 보이듯 서술합니다. 따라서 청소년 독자에게는 자기 이해를 돕는 길잡이가, 성인 독자에게는 청소년을 이해하는 중요한 단초가 되어 줄 것입니다. 무엇보다 상실의 슬픔과 우울을 마냥 어둡게만 그리지 않아 누구나 부담 없이 읽을 수 있다는 점이 큰 미덕입니다.

소설 후반부, 성장한 히로세 유아(이후 유아)의 독백에는 인생에 대한 중요한 통찰이 담겨 있습니다.

"이 세상은 복잡하고 번거롭다. 절대로 단순 명쾌하지 않았다.
산다는 것은 정말 귀찮은 일이었다.
그래도 나중에 서서히 즐거워지는 일은 대부분 귀찮은 법이다."
(160쪽)

그렇습니다. 인생이란 본래 복잡하고 번거로우며, 귀찮은 일투성이지만 그 과정 끝에 서서히 즐거움이 찾아온다는 것. 안타까운 스기모리 군의 죽음조차 단순 명쾌하게 설명할 수 없다는 깨달음은 주인공이 애도의 터널을 통과하며 얻은 소중한 결실입니다.

아동기에는 '무엇이든 다 할 수 있다'는 전능감과 자기중심성이 지배합니다. 소설 초반, 유아가 스기모리 군의 죽음을 마치 자신이 초래한 일처럼 여기는 것 또한 이러한 유아적 자기중심성(일명 센터 본능)의 발현이라 볼 수 있습니다. 소설은 이처럼 죽음을 온전히 받아들이지 못하는 미숙한 상태에서 출발합니다. 그러나 유아는 주변 인물들(친구, 오빠, 부모님, 선생님)과 소통하며 부정과 억지, 응석의 단계를 지나 점차 현실을 인정하고 수용하는 성장의 길로 나아갑니다. 독자는 유아의 이 고단하지만 의미 있는 여정에 동참하며 함께 성장하는 경험을 하게 될 것입니다.

2. 애도의 심리학 : 죄책감을 넘어 이별하는 법

이 소설의 가장 독특한 지점은 주인공 유아가 자살한 친구 스기모리 군을 '죽이려는 이유'를 찾는다는 설정입니다. 이는 죄책감에 시달리는 생존자가 스스로 친구를 '심리적으로 살해'함으로써 역설적으로 애도를 완성해 가는 과정을 보여 줍니다.

1) 이야기의 흐름으로 본 애도의 단계

발단 (죄책감과 결심) : 소꿉친구 스기모리 군은 학교에서의 고립과 정체성 혼란 끝에 자살합니다. 죽기 직전 걸려 온 구조 요청을 외면했던 유아는, 그 죄책감을 감당할 수 없어 "스기모리 군을 죽이기로 했다"라고 선언합니다. 이는 친구의 죽음을 '내가 막지 못한 실패'가 아니라 '내가 의도를 가지고 행한 살인'으로 재정의함으로써, 상황의 통제권을 쥐고 죄책감을 회피하려는 필사적인 방어 기제입니다.

전개 (이유 찾기와 일상의 회복) : 유아는 '스기모리 군을 죽여야 하는 이유' 목록을 작성하며 과거를 회상합니다. 역설적이게도 친구를 미워할 이유를 찾는 과정에서 억눌려 있던 감정들이 표출됩니다. 동시에 새로운 친구들과 어울리고, 목각 인형을 깎는 등 일상을 회복하려는 노력을 병행합니다.

위기 및 절정 (직면) : 유아는 친구 료코에게 자신의 방관을 고백합니다. 료코는 스기모리 군의 자해는 살기 위한 몸부림이었으며, 유아의 잘못이 아니라고 위로해 줍니다. 또한 유아는 짝사랑하던 미토 오빠의 연애 사실을 알게 되며 실연의 아픔까지 겪지만, 이는 유아를 한층 더 성숙하게 만듭니다.

결말 (작별) : 유아는 "내 안의 스기모리 군은 내가 죽인 것으로 하겠다"라고 결론 내립니다. 미토 오빠는 '트라우마 섬'의 비유를 통해 유아의 행동은 도망이 아닌 스스로를 지키기 위한 선택이었음을 확인시켜 줍니다. 마침내 유아는 친구들과 스기모리 군 묘소를 찾아가 "죽인 걸로 해서 미안해"라고 고백하며 진정한 작별을 고합니다.

2) J. 윌리엄 워든의 애도 과업으로 본 유아의 성장

애도 심리학자 J. 윌리엄 워든(J. William Worden)은 애도의 과정을 네 가지 과업으로 설명합니다. 유아의 여정은 이 과업들을 충실히 수행하는 과정이기도 합니다.

제1과업 (상실의 수용) : 고인이 사망했으며 다시는 돌아오지 않는다는 사실을 머리와 가슴으로 받아들이는 단계입니다. 유아는 처음에는 이를 부정하고 자신이 스기모리 군을 죽였다고 믿으려 했지만, 점차 스기모리 군의 부재를 현실로 받아들입니다.

제2과업 (고통의 경험) : 슬픔, 분노, 죄책감 등 고통스러운 감정을 충분히 느끼고 표현하는 단계입니다. 유아는 주변 사람들과 대화하며 이 감정들을 회피하지 않고 마주합니다.

제3과업 (고인이 없는 환경에 적응) : 스기모리 군이 없는 학교, 일상에 적응해 나가는 과정입니다. 유아는 목각 인형 깎기라는 새로운 취미와 새로운 인간관계를 통해 빈자리를 채워 나갑니다.

제4과업 (새로운 관계 형성) : 고인을 잊는 것이 아니라, 마음속 적절한 위치에 재배치하고 새로운 삶을 살아가는 것입니다. 마지막 장면에서 유아가 스기모리 군에게 인사를 건네는 행위는, 스기모리 군을 마음속에 간직한 채 자신의 삶을 살아가겠다는 건강한 연결의 확인입니다.

3. 친구를 잃은 사람의 마음을 이해하고 돌보기

"그러니까 내가 스기모리 군을 죽여야 한다.

내가 먼저 죽인 것으로 해야만 한다.

그러지 않으면 공평하지 않다.

거기에 내 죄가 포함되지 않으면 하나도 공평하지 않다."(78쪽)

1) 유아의 마음속 방어 기제와 치유의 원리

이 소설은 청소년기의 복합 애도(Complicated Grief)와 생존자 죄책감(Survivor's Guilt)을 정신의학적으로 매우 깊이 있게 다루고 있습니다.

살인 결심 (주지화, Intellectualization) : 통제할 수 없는 친구의 자살 앞에서 유아가 택한 '죽일 이유 목록 작성'은 감당하기 힘든 감정을 지적이고 논리적인 영역으로 옮겨와 통제하려는 시도입니다. '구하지 못했다(무력감)'는 입장에서 '죽였다(능동성)'는 입장으로 전환하여 자아 붕괴를 막으려 한 것입니다.

내재화된 대상과의 분리 : 유아의 머릿속 '작은 스기모리 군'은 정신분석적으로 함입(Introjection)된 대상입니다. 유아가 결심한 '심리적 살해'는 실제 폭력이 아니라, 내면에서 부정적인 영향을 미치는 이 대상과 건강하게 분리(Separation)되는 과정을 상징합니다.

트라우마 섬 (구조자의 딜레마) : 미토 오빠가 말한 '트라우마 섬' 이야기는 경계선(Boundary)의 중요성을 강조합니다. 타인의 깊은 우울에 휩쓸리지 않기 위해서는 적절한 거리가 필요하며, 함께 빠져

죽는 것은 결코 구원이 아님을 시사합니다. 이는 죄책감에 시달리는 유아에게 중요한 면죄부가 됩니다.

승화 [Sublimation] : 유아가 칼로 나무를 깎아 인형을 만드는 행위는 공격성과 슬픔을 예술로 승화시키는 과정입니다. 스기모리 군의 자해 도구였던 칼이 유아에게서는 창조의 도구로 쓰인다는 점은 유아가 건강하게 회복하고 있음을 보여 줍니다.

2) 남겨진 사람들을 위한 마음 처방

유아의 "너를 죽이겠다"라는 선언은 역설적으로 "너의 죽음을 받아들이고, 나는 내 삶을 살아가겠다"라는 강력한 생의 의지입니다. 이 책은 입시와 교우 관계, 그리고 상실이라는 무거운 현실을 마주한 청소년들에게 다음과 같은 위로를 건넵니다.

첫째, 친구의 불행이 모두 당신 탓은 아닙니다. 청소년기에는 또래와의 동일시가 강해 친구의 아픔을 자신의 것처럼 느끼기 쉽습니다. 하지만 '트라우마 섬'의 비유처럼, 물에 빠진 친구를 구하기 위해 같이 뛰어드는 것이 능사는 아닙니다. 나를 지키기 위해 도망친 것은 비겁함이 아니라 생존 본능이었음을 인정해야 합니다.

둘째, 죄책감은 당신이 '나쁜 사람'이라는 증거가 아닙니다. 오히려 당신이 친구를 깊이 사랑했다는 증거입니다. '전화를 받았다면', '더 잘해 줬다면'이라는 가정으로 스스로를 괴롭히지 마세요. 그 결과는 당신의 책임이 아닙니다.

셋째, 내면의 감시자를 차단하세요. 유아가 결심한 살인은 내면에서 나를 옭아매는 부정적인 목소리(죄책감, 강박)를 끊어 내는 의식입니다. '착한 아이가 되어야 해', '성적이 떨어지면 안 돼' 같은 목소리를 차단하고, 온전히 내가 원하는 나로 살아갈 용기를 내도 좋습니다.

넷째, 상처받은 채로도 우리는 다시 웃을 수 있습니다. 큰 슬픔을 겪었다고 해서 영원히 슬퍼해야만 하는 것은 아닙니다. 맛있는 것을 먹고, 웃고, 새로운 사랑을 하는 일상으로 돌아가는 것에 미안함을 느끼지 마세요. 흉터는 남겠지만, 우리는 그 흉터와 함께 다시 행복해질 수 있습니다.

"나 자신을 위해서다. 내가 숨을 쉬기 위해서 그렇게 할 수밖에 없으니까." (34쪽)

유아의 독백처럼, 당신은 숨을 쉬고 살아가야 합니다. 그래도 됩니다.

이 책이 상실의 아픔을 겪는 모든 이들에게 따뜻한 위로와 성장의 디딤돌이 되기를 바랍니다.

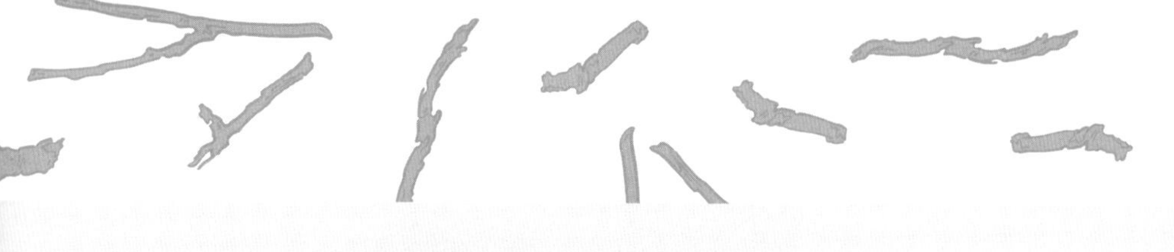

『어떤 아이들은 상처로 말한다 : 자해·우울 등 고통받는 아이들과 나눈 회복의 대화』
(셰이팅 글 | 강수민, 김영화 옮김 | 멀리깊이 | 2025년 11월 5일)
청소년 자해와 우울 문제를 '살기 위한 신호'로 바라본 청소년 심리 르포이다.
대만 소아청소년정신과 전문의 셰이팅(謝映廷)이 네 살 아이부터 스무 살 청소년까지,
자해와 우울, 함구증 등을 경험한 24명의 이야기를 기록했다.

『마음의 상처를 바라보고 보듬기 위한 트라우마 마주보기』
(미야지 나오코 글 | 김선숙 옮김 | 성안당 | 2015년 5월 11일)
미토가 말한 '트라우마 섬' 이야기는 이 책의 '환상섬' 모델이 모티브가 되었다.
트라우마를 다각적으로 다루며 '마음의 상처'에 대해서 배울 수 있는 입문서이다.
현재는 절판된 상태라 공공도서관에서 빌려 볼 수 있다.

 전화로 이야기하고 싶을 때

☑ 다 들어줄 개 1661-5004
　청소년들의 고민을 들어주는 전문 상담 채널.
　전화뿐만 아니라 문자, 카카오톡, 앱으로도 상담이 가능하다.
☑ 청소년 상담 전화 국번 없이 1388
　여성가족부와 한국청소년상담복지개발원이 운영하는 청소년 전용 상담 전화.
　교우 관계, 진로, 가정 폭력, 가출 등 모든 고민을 24시간 무료로 상담할 수 있다.
☑ 자살 예방 상담 전화 국번 없이 109
　삶이 힘들고 포기하고 싶을 때, 24시간 언제든지 전문가와 상담할 수 있는
　핫라인이다.

☑ <u>정신건강 위기 상담 전화 1577-0199</u>

거주하고 있는 지역의 정신건강복지센터 전문가와 연결해

우울감처럼 말하기 어려운 고민을 나눌 수 있다.

📱 문자나 채팅으로 이야기하고 싶을 때

☑ <u>청소년 사이버 상담센터 (www.cyber1388.kr)</u>

전화가 부담스럽다면 채팅이나 게시판을 통해 상담할 수 있다.

웹 채팅 상담과 카카오톡 상담 등을 지원한다.

☑ <u>카카오톡 '다 들어줄 개'</u>

카카오톡 플러스친구에서 '다 들어줄 개'를 검색하여 친구 추가 후

상담할 수 있다.

☑ <u>보건복지부 마들랜 (마음을 들어 주는 랜선 친구)</u>

카카오톡 채널 등을 통해 우울, 불안 등 정신건강 문제에 대해 상담받을 수 있다.

👤 전문가를 직접 만나고 싶을 때

☑ <u>Wee 클래스</u>

전국 초중고에는 상담실인 'Wee 클래스'가 있어

전문 상담 선생님을 만날 수 있다.

학교 선생님이나 부모님께 말씀드리기 어렵다면,

먼저 Wee 클래스의 문을 두드려 보자.

☑ <u>지역 정신건강복지센터</u>

아동·청소년을 위한 정신건강 상담과 프로그램을 무료로 제공한다.

포털 사이트에서 '○○구 정신건강복지센터'를 검색하면

전국 시·군·구에 있는 정신건강복지센터를 찾을 수 있다.

옮긴이 이소담

동국대학교에서 철학 공부를 하다가 일본어의 매력에 빠졌다.
읽는 사람에게 행복을 주는 책을 우리말로 아름답게 옮기는 것이 꿈이고 목표이다.
지은 책으로는 『그깟 '덕질'이 우리를 살게 할 거야』, 『소설, 첫 번째 계절』(공저)이 있고,
옮긴 책으로는 「십 년 가게」 시리즈, 「십 년 가게와 마법사들」 시리즈,
「지옥 초등학교」 시리즈, 『나만 그런 게 아니었어』 등이 있다.

텍스트T 019

너를 죽이려면

초판 1쇄 인쇄 2026년 2월 26일 **초판 1쇄 발행** 2026년 3월 11일

글 하세가와 마리루
옮김 이소담
펴낸이 최순영

어린이 문학1 팀장 박현숙
키즈 디자인 팀장 이수현
디자인 진예리

펴낸곳 ㈜위즈덤하우스 **출판등록** 2000년 5월 23일 제13-1071호
주소 서울특별시 마포구 양화로 19 합정오피스빌딩 17층
전화 02)2179-5600 **내용문의** 02)2179-5768
홈페이지 www.wisdomhouse.co.kr **전자우편** kids@wisdomhouse.co.kr

ISBN 979-11-7591-034-8 43830